MW01631743

UNO ES EL NÚMERO MÍNIMO DE PERSONAS PARA HACER UN DUETO

Mikhail Carbajal

Uno es el número mínimo de personas para hacer un dueto

Portada:
© Pablo Granados

Corrección de estilo:
Sandra Morin

Maquetación y diseño a cargo del autor.

Funámbulo Editores

Este libro es dedicado a todo corazón cuyos signos arden en la boca, todo corazón triturado, roto, extasiado, frenético, meditabundo, ditirámbico, aletargado, alebrestado, restaurado por kintsugi, tirado a la basura, desilusionado, ilusionado y devoto creyente de que un cielo en un infierno cabe.

No olvides que
uno es el número mínimo
de personas para hacer un dueto.

A Yadira, roca y camino.

Todo se ladea, y si no, ladéenlo.

DANIEL SADA

NO VOLVERÁ A CRECER

Si fuere rapado, mi fuerza se apartará de mí, y me debilitaré y seré como todos los hombres.

JUECES 16:17

Esa noche en que noté en mi pubis tres pequeños filamentos oscuros, también descubrí que me habían empezado a emerger puntitos delgadísimos en esa parte de la boca que está entre la nariz y los labios; esa pequeña cuenquita en forma de gota, que según aprendí, es elemental para la comunicación. Yo era joven e inexperto, y de un día para otro me salieron esos puntos negros que luego de tallar vigorosamente al confundirlos con mugre, comprendí que eran pequeños vellos que crecían y crecían. Quién diría que con el tiempo se irían multiplicando.

Era una pequeña parcelita con no más de veinte pelitos sobre mi cara. Tenía forma de rombo y me hacía ver de una manera increíblemente chistosa. Era curioso cómo una pequeña mancha hacía la diferencia en cómo se miraba la totalidad del rostro.

A las dos semanas, otra noche como cualquiera, agarré uno de los rastrillos de mamá, más grueso y redondo que los rastrillos que veía en la tiendita, y me pasé la cabeza del artefacto por la boca como si fuera un lápiz.

—¡Hasta nunca, malditos! —sentencié a los puntillos, pero al mirar detenidamente, seguían ahí. Con mi índice palpé la parte metálica del rastrillo y tres pequeñas líneas rectas se dibujaron en mi huella digital, y luego un hilito de sangre brotó de ellas. Tardé en sentir el dolor, una brisa helada entrando por mi carne. Las grietas entre la piel que eran tan delgadas que no se percibían a simple vista.

Sí tiene filo, ¡qué raro!, pensé, y me pasé nuevamente el instrumento ahora de extremo a extremo de mi ceja izquierda, quizás se debe activar con una mayor agrupación de cabellitos.

Y vi cómo esa parte de mí se desapareció como por arte de magia. Busqué en el rastrillo y vi los fragmentos de vello. Una nariz chata de la que luego brotarían barros, labios pequeños y dientes frondosos y una ceja rasurada. Me veía definitivamente chistoso.

Me lavé la cara, me puse un curita en el dedo y fui a dormir sin mayor preocupación. A la mañana siguiente en la mesa de la cocina mamá pegó el grito apenas verme al rostro.

—Marcelo... ¿¡Qué te hiciste!?

Extrañado la miré a los ojos, eran de desconcierto, de deshonra, de vergüenza. Mi hermana me miraba igual con extrañamiento, pero también con burla. Papá no estaba, como de costumbre.

—¿Qué le pasó a tu ceja?, mira cómo te ves, ¡mañana tenemos el bautizo de tu prima Leonor! —se acercó a mí, se quitó su anillo y apoyó su palma sobre mi frente, entonces pasó su pulgar que olía a ajo suavemente por el borde de mi ceja. A ella le consternaba mucho más que a mí.

—¿Por qué no le emparejas la otra, mamá? —dijo mi hermana soltando la carcajada.

—Quería quitarme el bigote. Estos pequeños puntitos en mi cara no me gustan.

—Ay, Marcelo... —suspiró, y luego se quedó pensando, y no dijo nada. Me imagino que por su mente pasaban mil soluciones, maquillarla con un lápiz, colocar resina y cabellitos de mi nuca, pasar una brocha delgada, o colocarme un curita y alegar que me lastimé.

—¡Es sólo una ceja! ¡Volverá a crecer! No es para tanto —le dije.

Entonces tocaron la puerta vigorosamente y mamá corrió a abrir aún con su cara de congojo. Me quedé con mi hermana, frente a la mesa en donde reinaba un tortillero y un sartén con frijoles molidos.

—No volverá a crecer, Marcelo— dijo, con la cara muy seria.

—Claro que sí. Las cejas sí crecen —dije, reí nervioso—. Veo cómo mamá se las quita con unas pinzas a cada rato.

—Sí. Pero tú eres hombre. A los hombres no les vuelven a crecer. ¿Cuándo has visto a un hombre sin cejas? —dijo, quitando el contacto visual.

Esto último resonó en mí cabeza. Traté de hacer memoria; sí, había mirado a mi mamá y a muchas otras mujeres depilarse las cejas, quitarlas vello a vello con meticulosidad para que quedara una fina línea; había visto a mi hermana Karina pasarse un lápiz marrón por el contorno de la ceja. Había visto a las muchachas del barrio tatuarse unas cejas que les brindaban una eterna expresión de enojo, de descontento, de repulsión… pero nunca a un hombre sin cejas. Al contrario, todos los hombres que me venían a la cabeza tenían cejas pobladas, incluso una sola extendiéndose en el centro de la frente. Papá, antes de que trabajara en el consultorio, tenía un bigote tupido y una amplia barba que se quitó. Pero sus enormes cejas quedaron intactas.

Corrí a la vitrina y me miré en el espejo interior, me acerqué para observarme con más detenimiento. Sí, hacía la diferencia, me veía extrañísimo.

¿Quedaría condenado a deambular por el mundo sin mi ceja? ¿Era esta la forma que tendría por el resto de mis días? La maldición de los vellos en la barba me conduciría a una vida de fealdad. ¿Y qué es lo feo?

Por un infantil error quedaría destinado a verme extraño, incompleto. Maldita sea. ¿Por qué nadie me había dicho la importancia de las cejas? Me angustié. Esto último también rebotó: ¿Para qué servían las cejas?

No lo sabía. Pero en ese tiempo llegué a la conclusión de que te hacían ver mejor, por eso las mujeres las reducían y decoraban, y para los hombres la mata de vellos debería mirarse plena, abundante, algo así como la barba.

En la cocina, la taza de café tintineaba. Sólo Karina comía mientras tarareaba alguna canción. Mamá estaba en la puerta con el abogado, así que salí por el portón de atrás, tomé mi bicicleta y pedaleé al trabajo de Jorge, el ciego, tal vez el único ser humano en la faz de la tierra capaz de ayudarme con este problema. Iba a toda velocidad para que nadie me reconociera, pero sí lo hicieron, pues esta ciudad es una cáscara de nuez, sin embargo nadie se percató en principio de la ausencia de mi vello.

Me dirigí por la calle más empinada de la ciudad y luego descendí de la bicicleta. Entonces subí setenta escalones para ascender a la biblioteca. Paso a paso. Humillado. Sintiéndome vulnerable. Sintiendo cómo el viento congelaba esa parte de mi rostro. Dejé mi bicicleta apoyada, pues aquí lo importante era mi ceja. Entré abruptamente, ni me registré, ni me pidieron que lo hiciera. Recorrí el vestíbulo e ingresé a donde Jorge andaría, entre esas mesas y repisas blancas con música clásica de fondo.

—Jorge, Jorge —dije con discreción, casi susurrando—, ¿para qué sirven las cejas?

Allí andaba él pasando la mano por páginas en blanco. Tan sabio en su templo sagrado del conocimiento. Reconoció mi voz al instante y respondió inmediatamente, como solo una persona sabia sabe.

—Sirven para desviar el sudor a la parte baja de la sien, Marcelo. Sirven para que no le caigan líquidos que se escurren por la frente a tus ojos. ¿Por qué la duda?

Sin entender su respuesta o sin ponerle atención, miré al techo.

—Jorge, lástima que no pueda verme, he quedado mutilado… anoche corté la mitad de mi ceja… me siento desnudo… pensé que no servían los rastrillos… y mi hermana me dijo que jamás crecerá…

El hombre puso una cara de concentración, giró levemente su rostro hacia donde estaba y luego soltó una carcajada tan alta como la de mi hermana.

—¡Ah, qué muchacho! —en eso ingresó otra señora de las que trabajan allí desesperada y le preguntó algo a Jorge sin preocuparse de lo que interrumpió.

"¡Ah, qué muchacho!" ¿qué significa? Vine por ayuda y solo me respondió eso. Jorge era ciego, no de nacimiento. Alguna vez nos contó que perdió la vista por una bacteria, o por una infección, no me acuerdo bien, pero sí recuerdo que nos dijo que eso no le impidió seguir adelante y convertirse en empleado del lugar. Era un hombre muy importante, y casi siempre lo consultaba la gente de la ciudad en aquellos años para que les resolviera dudas o enigmas. Fue inútil, lo esperé, esperé a que terminara de platicar con la señora, pero eran asuntos urgentes, hablaban de recortes, de despidos, y yo con mi ceja desvanecida. Desesperado, salí de allí.

Al bajar nuevamente las escaleras me di cuenta de que se habían robado mi bicicleta. Miré a los alrededores, no había nadie. ¿Ahora qué haré? ¿Caminaré de vuelta a casa? ¿Me encerraré de por vida en mi habitación para que no me vean más?

Descendí hasta la plaza de armas, la comezón y el frío se apoderaban de mi rostro, sentía que me desangraba y, al rascarme, se caía la pequeña costra y luego volvía a sangrar. Sentía un ardor en la ceja. Y luego la vergüenza de encontrarme a rostros conocidos; a la señora de las gorditas, al papá de mi amiga Wendy, a las muchachas del club de escouts. Todos me saludaron con el rostro, y luego de ver mi desnudez se quedaron atónitos. ¿Tan mal me veía?

Frente a una óptica me miré a mí mismo reflejado en el vidrio. Atrás de mí los taxis pasando, un señor con un carrito de elotes, los vendedores de globos, las pintoras de la plaza y todo lo demás. Pero ese. Ese no era yo, no volvería a ser el mismo. Y abajo, mis bigotes, que se tornarían abundantes. La señorita Yocabeth, una rubia hermosísima que alguna vez fue asistente de mi papá me vio en la calle. Tenía una panza abultada y un segurito con un dije de la virgen a la altura de su vientre. Sostenía bolsas de mandado y su perfume potente la delataba cuadras atrás.

—Hola, Marcelo, ¿eres tú? —no quise mirarla a la cara, no quise que me viera. No le respondí.—, ¿te sientes bien?

Me quedé frío, pero enojado conmigo mismo, mirando al suelo y comencé a llorar. Entonces se aproximó a mí, me tomó de la barbilla y levantó mi rostro. Sus dedos con uñas largas, rosas y brillosas se sentían tibios. Apretó suavemente mi mejilla, barriendo hacia afuera un hilito de llanto.

—No estés triste, sé que esto de tus papás será lo mejor para ustedes, Lo cuidaré mucho. Tú debes cuidar de tu mamá y tu hermana, serás el hombre de la casa. Mira, qué guapo te estás poniendo, ya eres todo un muchacho, tu papá está muy orgulloso de ti, y tendrás un hermanito que también lo estará.

Me dio un fuerte abrazo y luego dijo que se le hacía tarde, vi cómo se perdió entre la calle Arreola y su aroma dejó de percibirse. Y yo me quedé solo, desangrándome, llorando a mares, desnudo. Ese era yo ahora, ese sería yo para siempre, cargaría esta cicatriz, mientras todo lo demás, la vida, mi tiempo, mi familia, todo lo demás pasaba.

Rechacé mi historia, el mundo, me sentí ajeno de todo. Ya no volvería a jugar fútbol con los amigos. Me enclaustraría hasta que la herida cicatrizara, no importaría que tardase mil años, luego la volvería a rascar, esperaría en mi cuarto hasta que mi sangre se agotara... así le haría sin importar cuántas veces ocurriera.

Hay gente que muere así, entonces yo lo he de hacer: estar incompleto es un destino peor que la muerte. No volverá a crecer, no lo hará, no lo hará.

Testimonio y vida del carbohidrato

A Paloma del Río

Hola. Si estás leyendo esto, probablemente ya estoy muerto. Sé que no puedo, y quizás jamás pueda aspirar a conocer el contexto en el que este documento ha llegado a tus manos, pero quiero que sepas que te agradezco por leerme, no por la naturaleza de abusar de tu tiempo, sino por la empresa mía de que mi voz no quede en el olvido, el otrora mayor de mis miedos. Esta es mi última palabra, este es mi testimonio:

Mi historia es la historia de mi pueblo, de mi gente. Soy el último sobreviviente de una raza de alimentos procesados, carbohidratos que fuimos creados por una causa primera, a imagen y semejanza del chicharrón, a quien nuestro pueblo ha venerado desde su origen como la versión ideal, cuyo mundo perfecto e inteligible está quizás muy por encima de nuestro entendimiento.

En la cultura de nuestro pueblo la religión nos enseña que en algún momento habrá vida después de la bolsa, acción prometida a la que, desde que tuve comprensión, le obsequié mi fe y esperanza. Nuestro deber-ser: conformarnos como botanas sabrosas para amenizar eventos de diversa índole.

Nací un octubre del año dos mil dieciocho de los antiguos dioses, fui arrojado a la existencia dentro de una bolsa de celofán laminado del lote 005-14/2018, con consumo preferible antes del 15 de octubre del dos mil veintiuno. Desde muy temprano fui sometido a las artes de la retórica e historiografía, temas que se nos son impartidos dentro de un *cuadrivium* básico.

Dentro de la bolsa la vida era sencilla: estar unido a mi familia, a mi gente, aprender de la raza, de nuestra historia. Comunicarnos, compartir experiencias y sobre todo vivir con religiosidad: ser una botana suave y concisa, rodeada de especias rojas de chile y colorante, estar siempre listos al día de la apertura, el apocalipsis de nuestra fe.

De la vida antes de la bolsa pocos recordaban algo. Todo era reminiscencia de una fórmula, de un condensador, algunos decían que todos proveníamos de una masa suprema y terminaríamos en otra masa suprema. Algunos profetas decían que antes fuimos horneados, otros, fritos.

Yo adoraba la metafísica. Sabía que todo trasunto escatológico tenía consigo una posible respuesta. Valoraba los saberes ancestrales que mencionan la existencia de cientos de miles como nosotros, de universos ajenos y todas las formas y tamaños posibles, pues en la infinitud del cosmos, también hay infinitas botanas.

En la vida de un sabritón y supongo que, de todo alimento procesado, nadie olvida el día que salió de la bolsa. Uno de los temas básicos en los que se cimienta nuestra fe, como lo he narrado anteriormente: fue una tarde, después de los temblores que antiguos documentos sagrados mencionan como previos a la apertura; yo estaba revisando el capítulo ocho del *Sabritoni Sabritorum*, nuestro texto fundacional, cuando el cielo se abrió, y fuimos vaciados mi pueblo y yo sobre un tazón azul. Mi papá estaba escuchando y mi hermana bailaba una coreografía.

De ahí en adelante todo era nuevo. Toda especulación, toda imaginación superaba el conocimiento primario de mi gente, no había documento alguno que hablara de la experiencia posterior, nada más posibilidades, solamente conjeturas que fueron cantadas por antiguos juglares de nuestra raza picante.

Accedimos a la vida después de la bolsa, la respetamos de manera cabal. La cantidad de colores, la cantidad de sonidos, todo era un espasmo y recuerdo de cuando intentábamos mirar más allá de la membrana y soñábamos un mundo colorido en un pasillo de supermercado, en una camioneta de sabrosos aperitivos, en cajas que no debían apilarse en un número mayor a tres. En conductores que no tienen la contraseña de la caja fuerte y en unidades monitoreadas vía satélite.

Estábamos en una habitación, el tazón yacía sobre una pequeña mesita y ahí, mientras nos manteníamos todos formados para el juicio final, observaba las miradas optimistas en los ojos de mis hermanos. No olvidaré la salida, la maroma dentro del recipiente, la luz sobre nuestros cuerpos y las miradas, ora de temor, ora de emoción, entre mi pueblo.

Entonces uno a uno fuimos jalados por la mano divina; aquella habitación le pertenecía a un modesto profesor de bachillerato, había libros y afiches, ropa doblada en una esquina y una enorme botella de refresco, se escuchaba música de fiesta y una película en una pantalla.

En la cultura de los sabritones nos condicionan a aceptar con vehemencia el final de nuestras vidas, a ser consumidos por aquel dios supremo para volver a ser uno con el todo. Pero siempre fui curioso y supe que de la salida de la bolsa a la boca había un montón de conocimientos documentables. Si estás leyendo hasta aquí, tal vez no será novedad decirte lo que te contaré:

Si no fuera yo, y si no hubiese sido dotado del estoicismo que me caracteriza, tal vez habría contado esta historia de otra manera. Vi cómo uno a uno mis hermanos fueron consumidos. Para algunos, el crujir de nuestros cuerpos triturados era desesperanzador y más atemorizante era el ver cómo la boca del profesor los consumía. Pero para mí fue revelador; precisamente nuestra esencia radicaba en nuestra condición crujiente. Todo nuestro cuerpo buscaba la perfección entre picor, además de que los sumos sacerdotes afirmaban que después de ese dolor nos esperaba una nueva vida, plena, total, absoluta y bondadosa.

Ya sólo quedábamos la mitad. La mano del profesor se detenía en momentos, pues su paladar se irritaba. Pero otra condición de nosotros los sabritones yace en nuestro adictivo sabor.

El hombre apagó la luz, continuó viendo la película, y al agarrarme a mí y a una de mis viejas amigas, justo antes de entrar a su boca, caí de su mano y resbalé por el contorno de su pecho hasta rodar varios centímetros bajo el sofá junto a la cama. Ella me miró caer sorprendida mientras era masticada. Desde ahí supe que mi final no sería sino un principio. Que nunca hallaría el consuelo eterno, que mi cuerpo, suspendido, no cometería su razón de ser en esta existencia.

El mundo desde abajo es más monótono. Por mi condición de sabritón fui perdiendo mi consistencia, entonces todo se tornaba cada vez más lento e inmutable. Salvo los gatos que pasaban a velocidades que mi vista tardaba en comprender, o salvo insectos como cucarachas que a menudo caminaban por el sitio, todo fue soledad, todo fue culpa.

Muchas veces vi los enormes pies del profesor, en ocasiones descalzos, en ocasiones con chanclas y me lamentaba de tal situación. ¿El no haber sido comido por él era mi destino?, ¿fue su culpa?, ¿fue la mía?

Tal vez este castigo venía en represalia por mi capacidad de asombro, por mi curiosidad. Quizá el no haberme dedicado a los estudios me habría garantizado el descanso eterno. Lloré mil veces a mi pueblo. Repetía sus nombres por las noches como aquello único que me mantenía cuerdo.

A veces la escoba raspaba todo en derredor, pero yo había caído en un espacio tan inalcanzable y estratégico a la vez, que no podía ser arrastrado a otro destino menos impío que el no ser comido.

Los días fueron hostiles. Me volví flácido y deshidratado, hubo frío y calor. Luz y oscuridad, pero sobre todo soledad.

Cuatrocientos doce días y siete horas después de la apertura de la bolsa, mi masa corporal estaba al 58 %. Fue entonces que conocí a Juvenal, una araña macho que después de haber sido limpiada la biblioteca de la sala, vino a explorar nuevos sitios para vivir en la habitación principal. Nos hicimos grandes amigos de manera inmediata. Le conté la historia de mi gente y él me platicó sus aventuras, su divorcio y sus múltiples mudanzas. Sabía que el universo fuera de la habitación del profesor era más vertiginoso, escuché historias del baño, del ático, de la nevera. Para mi mala suerte, aún con la mitad de mi cuerpo degradada y la otra incomestible, en ese entonces fue imposible para Juvenal moverme si quiera un centímetro de la coordenada en que caí.

Con el paso del tiempo, y con las posibles pérdidas de mi memoria, le pedí a Juvenal que transcribiera esto que ahora les cuento.

Si llegaste hasta aquí, seas quien fueres, quiero decirte que pese a mis desgracias, tuve una buena vida y que ya no me culpo más: si los dioses primarios me destinaron este camino llamado vida, ahora ya lo acepto con el mismo gozo con que hubiera aceptado ser comido el día de la apertura de la bolsa.

Mi historia fue una historia de vejación, pero lo que se me fue negado ya no pesa más en mí. Estoy en paz.

Dejo estas breves palabras como un legado. Espero que algún día alguien me lea, y conozca la historia de mi gente.

Ojalá mi palabra trascienda y llegue a aquellos lugares recónditos donde otras botanas yacen en una infinita soledad. Porque no se puede comer sólo una, cuando es una sola la que ha quedado a su suerte.

01/10/2020

Año II de mi apertura de la bolsa

Sabritón

Albricias en otoño

Qué más
puedes querer
cuando el que tú amas
te llame
Mujer.

Nellie Campobello

Ahí venía, Samuel, con sus labios de redentorista, con el ruido de los pies aquí. Allí estaba yo, lista para aprender sus jaculatorias, cazar fantasmas, comer pinole, tortillas, y deambular. Así habría sido la ruta del amor.

Él llevaba puesta una bufanda marrón, sombrero de ala corta, yo usaba falda larga. A mí nunca me había gustado usar falda, a mi hermana sí. Ella fue la que me pidió tres veces que me la pusiera, aunque comenzara a hacer frío. Me dijo «Póntela, por esta única ocasión, póntela».

Yo antes no entendía aquel querer de la gente hacia las faldas, los corsés y los sostenes; entendía la elegancia, sí, de los rebozos y los faldones floridos, de las maravillas trenzadas y las cartucheras, pero no de las faldas ni el sudor entre las piernas, ni el roce de los muslos, ni lo fácil que era levantarlas y quitarlas o fisgonear debajo de ellas.

A mí nunca me gustó usarlas. Yo me iba al río y me desvestía, arrojaba la prenda a las piedras y luego se la llevaba la corriente y yo andaba, alegre, solo con la trusa. Los demás niños gritaban «Ahí viene la mancha», «Mírala, bien loca la mancha», «Rápido, apártense del adefesio, huyan de la mancha». Yo los ignoraba y comenzaba a nadar y a nadar. Mamá, que en paz descanse, me gritaba furiosa:

—Edelmira, muchachita, ¿qué haces sin ropa? —y yo le decía—Nado, mamita, nado.

Mamá me hacía nuevas faldas de telas traídas de capital. Y yo, de más niña, las aborrecía. Largas y holgadas, de extrema comezón en la canícula, de harto frío en el invierno. Ya era otoño, ni tan fresco ni tan caliente. El recuerdo había cicatrizado, la desnudez entre mis piernas pesaba menos. Samuel vendría por mí. Entonces, sí. Por esa única razón me puse la falda de mi hermana, la más bonita. Roja con bordados de anacahuitas y encaje blanco en los bordes. Falda colorida, ceñida a la cintura con un listón trenzado. Hecha por mi madre antes de morir.

Eugenia me peinó, Poncia perfumó mis ropajes y la tía Gertrudis me puso cremas y otros menjurjes después de haberme bañado. Me puse las sandalias de cuero de mamá y el chal violeta que me trajo doña Marbella desde Topaibáchic.

Ir sin arreglarte a un encuentro podía significar no sentar cabeza, quedarte, acabar abandonada, dejada o en el olvido; y aunque a mí nunca me había pasado, muchas otras se lamentaban, se quedaban solas por el resto de la vida, amargadas, apuntadas por la muchedumbre, eternamente sentadas en los bailes mirando al mundo completo en alegría y plenitud, sufriendo en silencio como mi tía Gertrudis, añorando épocas donde hubieran podido casarse, donde hubieran podido escaparse con todos los galanes del siglo pasado que su tiempo les forzó a rechazar, que sus circunstancias les obligaron a evitar, que al momento acabaron por elegir a otras; las más jóvenes y majas, si no electas y pedidas de mano, fueron robadas primero.

Si a los veintidós no abandonabas el hogar, jamás te casarías. Ese número estaba maldito, y lo habíamos comprobado con algunas de mis primas. Amalia se casó a los veintiuno con Mauro Sotelo; Higinia se casó a los diecisiete con José Claudio Torresdey, Albina se casó a los quince con el señor Luque Riviera, que vivía en El Oro. Marijó cumplió veintidós y no se pudo casar, nadie la quería, nadie la invitaba a salir, así que terminó enclaustrándose en un convento de Zacatecas. Susanita se casó con Juancho Bárcenas y su hermana Lituania se casó con Ángel Daniel Orozco. Beatriz tiene veintiocho y contando y no se ha casado, ni se le ha visto enamorado, Martha Jesusa iba a casarse con Froylán Tohono a sus diecinueve, pero éste falleció, y al año de luto conoció a Raúl Camargo, que se la llevó a los Estados Unidos. Yo cumpliría la edad en invierno venidero. Le temía tanto a quedarme más sola de lo que ya estaba.

—Beatriz, ¿cómo que La Mancha se nos va a casar primero? —decía doña Sonsoles a mi prima.

—¿La qué?

—Edelmirita, La Mancha. Dicen que ya trae galán.

Por temas de belleza, algunas de las solteronas envidiosas como Argelia o Jántipa mezclaron polvos y hiedra venenosa en los menjunjes de la plaza, luego se lo regalaron a las despistadas por pura malicia, para dejar marcas en los rostros bonitos de las demás muchachitas. Para que la fealdad se apoderara de mujeres soñadoras y les tumbara su sueño de ser rescatadas por hombres apuestos. Para que la mancha atosigara el bello cutis de las tontas. Como a mí. Yo era una chiquilla todavía, y la malosa de Argelia me dio el frasquito.

—Tenga, Edelmirita, para que se ponga más majita.

—¿Pero por qué, señora? Si aún no tengo arrugas como usted…

—Es para que se vea más majita…

Yo nunca usaba maquillaje, poquísimas veces me pinté los labios con hojas de jamaica, y me pellizqué las mejillas para que se ruborizaran. Pero la mancha seguía allí. Quise ocultarla con el polvo de la abuela, quise aclarar ese borrón, pero no podía. ¿Qué quería Samuel?, ¿qué buscaba con buscarme?

Desesperanzada de que no llegaba, y de andar mirando y mirando a la vereda, lo esperé frente al molino desde donde se podía ver el arroyo y la carretera, luego un banco de neblina se empezó a formar entre los cerros. Eugenia me dijo que me metiera, que no demostrara angustia ni impaciencia, que lo dejara esperar un rato en el diván, pero yo no quería hacer otra cosa que no fuera ver a Samuel.

«Si te lleva al divisadero, nomás déjale tocar del ombligo pa' rriba» dijo la tía Gertrudis.

—Ay, no, ¡cállate! —contestó Eugenia a risa y risa.

—Ni ombligo ni nada, no te dejes tocar, si te toca de la planta del pie a la frente, dale un porrazo, no vaya a ser uno de esos locos— añadió Poncia.

—Pos qué ni qué, si no vende no gana y termina como tú— dijo la tía Angelines desde la cocina. Todas soltaron la carcajada. Yo me desanimé.

No olvidaré esos tiempos; allá para cuando los villistas se fueron con la bola; cuando mi hermana se quedó encargada de la talabartería y la molinera, y mis demás hermanos se marcharon a la lucha armada. Mi padre, el mayor de los del Río, curtidor e íntimo amigo del Doctor Díaz-Pruneda, me mandó a atender a los heridos que llegaban desde los cerros huyendo de las tropas, porque yo era muy hábil con las manos.

De cada diez hombres balaceados, tres vivían hasta acabar el día, y uno alcanzaba a vivir para el día siguiente, el resto de las personas terminaban apilados en los carretones.

Vendajes y balas. Aguardiente y sotol. Pólvora y lodo. Mugre y cal. Samuel llegó con una mordida de coyote que me tocó desinfectar. Entre tanto herido reposaba, recargado en la puerta, paciente y sereno, aunque tenía la herida abierta en su pantorrilla derecha. Cargaba un rosario.

—Pásele, padre Samuel —decía Raquel.

—Allá lo atiende la Mancha —decía Rosana aguantándose la risa.

—Ya que termine, ¿podría ir a confesar a estos muchachos?

—Sólo si puede, padrecito.

Samuel asentía, y seguía rezando.

—Si te dijo seis, vendrá a las ocho —dijo mi hermana, trayéndome el chal de hilo de tela morado.

—¡Qué ocho ni quiocho cuartos! Igual y no viene —gritó la tía Gertrudis desde la molinera.

—¿No le habrá pasado nada?

—¡Dios quiera que no!

Entonces salió de la niebla, venía con un banco de nubes a sus espaldas, botines rojo-indio, cinto café y chupa alquitranada. Montaba su caballo zaino. Usaba un sombrero negro y enormísima bufanda marrón que cubría su sonrisa trunca y su cuello clerical.

—Buenas noches, vengo por Edelmira.

—Sí, Padre, cuídemela mucho.

Asentí, les dije que hasta pronto a Eugenia y a las demás, y me ayudó a subir a su caballo, miré con una sensación de nostalgia la casa de papá, como si algo dentro de mí fuera a estallar. Tuve miedo. Mucho, luego bajamos el arroyo y nos fuimos al pueblo.

Mis manos eran suaves de curandera, las suyas toscas, no parecían de redentorista. Apuesto muchacho, joven, diácono. No tenía pinta de barbaján, ni de sucio. Iba por la vida con una buena estrella, ajeno al desastre de la guerra, desinteresado en el caos y la penumbra, con unos ojos tan expresivos y un andar tan seguro que me daba miedo. Pero miedo del bueno. Si Dios con él, quién contra él.

—¿A dónde quiere que la lleve? —gritó, mientras andábamos sobre su caballo. No hacía tanto frío ni viento, y yo no le respondía.

—¿A dónde? — gritó de nuevo. No sé si remarcando su pregunta, o distraído de si le contesté algo y no escuchó.

Yo no supe qué decir, tal vez nunca le respondí, o iba perdida en la niebla del camino, o sus manos sobre mis hombros y las mías agarradas de la cabeza del fuste. A lo mejor pensaba en el frío que nacía sobre mis tobillos, o las mil y una cosas que pensé que diría o haría.

—¿Cómo siguió de su pierna? —le quise preguntar. No lo hice.

Nos fuimos a la alameda. Dejó a su caballo amarrado en un árbol. Entramos por un costado hacia el templo, sólo de lado, cruzamos una callejuela, luego a un cuarto de atrás. Mi corazón empezó a latir, me puse muy nerviosa. Pensé que había llegado el momento, que me desposaría o algo, y temblé. Una parte de mí quería llorar, la otra sentía emoción. Samuel no tenía problemas con nadie. Nadie lo molestaba. Era amable con todos. Yo tenía mucho miedo.

Llegamos y en el cuarto había una escalera de fierro. Subimos para llegar a una teja donde había una larguísima escalera de caracol. Estábamos en el torreón. Una de las partes más altas del pueblo. Se miraba el quiosco, la plaza, la parroquia, allá a lo lejos el panteón, y la entrada al pueblo, y más por allá, los otros ranchos y pueblos, y mucho más a lo lejos una luz enorme. Nunca la había visto con tanta intensidad. Era como si el día se estuviera asomando desde la noche. Me quedé paralizada, sentía un no sé qué en todo mi cuerpo.

Dijo: —Esa luz es la ciudad.

Entonces me cubrió hasta el hombro con su brazo derecho. Así nos quedamos un instante. Luego temblé de frío, y al notarlo dijo no sé qué, y bajó, pero no supe a dónde fue. Me quedé viendo como hipnotizada aquel resplandor a lo lejos, y unos minutos después regresó con una cobija trenzada y un té humeando.

—Tómese esto, por favor, debe ser difícil andar con esas faldas —pronunció con ternura.

Sentí algo curioso en el estómago, y le pregunté si era té de hierbabuena, de azahares, o si le había puesto mariposas. Samuel carcajeó y me dijo que yo le agradaba, entonces al mirarme sentí que me desnudaba, pero no, lo que pasa es que me espantó un saltamontes que se me había trepado en la espalda. Tenía mucho, mucho miedo. Pero a la vez, me sentía en un mundo irreal, me sentía, por primera vez en mi vida, amada. La mancha no existía. La mancha se iba borrando cuando Samuel me miraba.

La tía Gertrudis me dijo que si no me dejaba besar se iba a espantar y no habría plata para la familia. Mi padre me pidió que le dijera algo de unos terrenos y de una escuela, que le recordara algunas cosas de unas inversiones y algo sobre unos cueros, pero lo olvidé todo. Sólo pensaba en el pueblo, lo chico que era, y el brillo a lo lejos. Samuel y el brillo a lo lejos.

Dijo: —Este es mi lugar favorito.

Se recostó en un costal de arena, yo me senté en un taburete. Encendió una vela y mientras disfrutaba mi bebida me platicó de sus viajes a la comuna de Serrano, a los desiertos que hay cruzando la sierra, al bello pardo de las paredes de la ciudadela en Coahuila. Me contó de su amigo John Maltwell O´Hara, periodista de la Luisiana a quien conoció en Monterrey y con quien visitó el noroeste. Sacó de su bolsillo un puro de esos grandotes. No me escandalicé.

A mí siempre me dio un no sé qué eso de los puros, me caía rete mal ver fumar a mi padre, pero en él se veía elegante, y era mejor que tuviera un puro a una pistola. Se hizo más tarde y yo reía con sus historias y me imaginaba los caminos que divisó. —Ay, el Paso de Sitakame —dijo—, con esa madrugada tan bella en tres colores que se divisa ante el negro del horizonte. Y yo quedé fascinada. Lo pude imaginar todo. Lo pude ver en su sonrisa.

—Mas sabes—añadió con nostalgia—, he pensado abandonar los caminos de Dios…

Bajamos del torreón y nos fuimos a la plaza, ahí me compró un elote bien rico y tiernito, y nos fuimos a bailar, pero todo pasó tan rápido.

Luego caminamos un rato y luego pasamos por el establo, me asomé y vi un caballo bonito, me dijo que nos metiéramos a montarlo, pero yo le dije que no porque se enojaría don Jacinto, el de los caballos, entonces se metió al porche de don Jacinto y tocó vigorosamente la puerta, a los pocos segundos le abrió, dijo no sé qué, me señaló, señaló los establos, se dieron un apretón de manos y luego regresó diciendo: —Me dijo que te diera el que quisieras.

—Pero tú ya tienes caballo —le dije.

—No importa. Al rato volvemos por él.

—Ah, bueno.

Entonces vi de nuevo al blanco, tan bonito, el caballo más hermoso que había visto en mi vida. La luz de la luna berreaba, los otros caballos corrían contentos bajo el cielo malva, y aquel caballo blanco me miró con aprecio. Se acercó primero y pude acariciar su cabello. Lo preparó: sarape, faldón, cinchos, horquilla, silla, estribos.

Me ayudó a montarlo y desde el piso me hizo dar dos vueltas, luego abrió el corral, se montó atrás de mí, y nos fuimos, más para allá, para la ciudad. Jacinto sonreía a lo lejos, nos despedía, la ciudad nos despedía también. La noche estaba comenzando. Agarramos la vereda que conduce al horizonte y nos dirigimos hacia la ciudad. Él no me dijo nada, yo tampoco, y no volteé hacia atrás. ¿Huimos de la devastación? no, nos vamos.

Y así andábamos, preparados para cruzar universos, allá cuando los villistas se fueron con la bola. Pero nada de eso importaba, sólo nosotros dos arriba de ese caballo blanco, jineteando la niebla. Él, Samuel, llevaba puesta una bufanda marrón, sombrero de ala corta, yo usaba falda larga.

Oreochromis

A Iván Trejo

Constipado, sediento, nebuloso. Una sinfonía de cal y pesadumbre. Las chispitas acuosas trastabillando sobre las rocas mohosas. El ceceo de la cascada vertiéndose sobre el riachuelo. Cigarras solfeando durante el largo umbral del atardecer. Luciérnagas que decoran con sus faros el pie de la cuesta. Y a los alrededores, dividido el pueblo por ese río manso, tres puentecitos arqueados y una plancha de acero plana al finalizar la represa.

Caminitos de lodo poseídos por el chillido de los cerdos. Dos vacas mugen allá lejos y las nubes se reparan a sí mismas. El rechinido del molinete y pronto el aroma de pan.

El sitio, San Ysidro del Siyoname, un pueblito crespo y humilde, abrazado por la Sierra de Topaibáchic, protegido de la resequedad y turbulencia del desierto. Amurallado oasis otrora habitado por pieveloces, luego por misioneros y ahora por sombras. El mejor secreto de la cordillera, con cerros alrededor jamás explotados por mano humana. Un camino complicado para aproximársele, lleno de altibajos, de la presión de la mañana, del calor de la región arisca, de tramos con rocas filosas frente a tramos de lodazales. Y adentrados a la sierra, paisaje de silbidos agrestes con los árboles que pueden ser muy celosos.

Ya había estado allí, hace décadas, cuando era niño, cuando mi papá, prodigio de la minería, buscaba nuevas rutas y espacios para la *Ottawa United Corporation*; habría tenido siete u ocho años la primera vez que vine, y doce o quince durante la segunda. Recordaba la loma, dos de los tres puentes, conocía con noción matemática la ubicación de la parroquia y las parcelas donde jugaba a las canicas, reconocía dos o tres sonidos frecuentes, cuatro aromas y, sobre todo, me recordaba nadando, buceando bajo los puentes, recorriendo de un chapuzón el río y terminando en la represita.

Constipado, sediento, nebuloso, cruzaba el portalito de madera podrida.

Yo pensaba que en otra vida había sido pez de agua, lo intuía, me constaba. Papá arrojaba indicios, me hacía comentarios como «este lepe toma agua como charal», «este lepe nada como cardumen», «este lepe dura y dura horas en la pila y no se arruga». Y siempre, desde que la razón me llegaba, yo tenía sed.

Papá me había contado el incidente en el que falleció mi madre. Allá en La Unión. Era invierno, hacía harto frío y ella me amamantaba mientras mi papá intentaba prender el anafre. A las afueras una tormenta de hielo congelaba todo y era imposible moverse del lugar. No se podía trabajar tampoco. Mi mamá me sostenía y miraba las fracturas en el techo, papá revisaba el tubo del calentón, prendía un trozo de periódico, soplaba, esperaba que el fuego creciera, rezaba porque calentara un poco y al fondo chiflaba la tetera. La mujer alimentándome, todos temblando. Se escuchaba el viento y las maderas crujiendo. La ventana se poblaba de copos de nieve y luego todo helado.

Cuando por fin logró prender el artefacto, papá empujó lo empujó con dirección al sofá donde mamá reposaba.

—¿Ya prendió? —preguntó quejumbrosa ella.

—Ya.

De pronto una ventana tronó, y la fisura rápidamente se extendió, papá corrió a parcharla, agarró unos trozos de cartón y cinta aislante. Se quedó parado junto a la chicanada para cerciorarse de que funcionara, y luego regresó con mamá que lanzó un largo suspiro y otro quejido. Se aproximó a ella: estaba muerta.

Me dijo que murió conmigo entre los brazos todavía bebiendo de uno de sus flácidos pechos. Dice que la cubrió con sábanas, y esperó dos días a que terminara la tormenta de hielo, luego habló a los sepultureros, le dieron un entierro cristiano y colocaron sus restos detrás de la parroquia. Dicen que después vinieron los deslaves y algunos cuerpos fueron arrastrados por el río… entre ellos el de mamá.

No sé por qué siento culpa de todo eso, siento como si yo hubiera drenado a mamá, como si me la hubiera bebido. Como si mi sed desde un inicio fuera la causante de mis desgracias. Mis otras conjeturas sobre mi vida pasada yacen en que estoy constantemente deshidratado. Sudo a chorros todo el tiempo, incluso durante el invierno. Cargo siempre un trapito que prontamente queda empapado y terregoso.

He cruzado el primer llano del pueblo, ya huelo a la montaña, ya miro pasar a los grillos y veo cómo las casitas apiladas en los montes prenden sus luces. A San Ysidro lo abastece de energía una pequeña plantita generadora que está en el barranco. Hay ciento ocho habitantes según el último censo, cada semana viene una camioneta cargada de víveres para la única tienda, salvo eso y salvo paseantes esporádicos, el lugar se mantiene resistente a la densidad y a la multiplicación de la gente. Todo eso lo vine leyendo en el tren en un folletín viejo, después de haber terminado la novela de bolsillo que tenía pendiente.

¿La razón por la que vine? Tengo mis sospechas de que mamá vive aquí. Sí, suena contradictorio a lo que he pensado, he dicho o me han contado antes, contradictorio a lo que dijo papá y en todo lo que hemos creído. Si mamá está muerta, imposible sería que viviera acá… pero como no me consta que murió, y como no me trago del todo las historias que me han contado de ella, me he encaminado a este sitio porque, lo que sí, papá venía seguido y de tantas vueltas, fueron pocas en las que me trajo.

Voy caminando por el camino pedregoso que conecta al poblado. Para estas horas ya poca gente deambula por las calles. Se ven siluetas ingresando a sus viviendas que se reparten por los cerros. Cuando llegue a la plaza ya no encontraré a nadie fuera. Camino con la esperanza de hallar asilo en un portal; venir de la ciudad lo hace a uno temerle a la noche, lo hace jamás considerar, en ninguna circunstancia, dormir en la intemperie. Pero creo que San Ysidro no se regula bajo las leyes urbanas. Me aproximo a una de las casas al pie de la cuesta, toco enérgicamente la puerta, pero nadie atiende. Adentro se escuchan voces, tintineos, la gente está cenando y se aviva el aroma de pan. Me intento asomar por las ventanas y apenas las cortinas me permiten ver siluetas amorfas pasándose el azúcar, sirviendo guisos y conviviendo. No molesto más. La misma suerte la corro en las tres casitas contiguas y comienzo a desesperarme y comienza a escocer una ampolla reventada en la planta de mi pie derecho, y no hablar de la sed…

De una de las casas a mitad de la zona oriente un niño ríe desde la ventana y me mira con curiosidad. Lo saludo y se me queda mirando, entonces se esconde y cierra su ventana. Estoy seguro de que nadie me recibirá, no de noche.

Y me voy deshidratando, poco a poco. Decidido a aproximarme a la cascadita que a varios metros se desquebraja sobre las piedras, caminando ya cojo porque la herida de mi pie se arrecia.

A punto de llegar, repentinamente un sonido de organillo se activa junto al quiosco y desvía mi andar. Me acerco y dicha caja musical gira sin que nadie la impulse sino el viento. La melodía me suena familiar y la nostalgia de mi infancia resuena. El viento se calma y soy yo ahora quien gira el instrumento con vitalidad. Desde las casas continuas las cortinas se recorren y los curiosos me miran no sé si con asombro, temor o rencor. Dejo de tocar. Me siento cada vez más cansado, y casi a zancos me apoyo junto a una banca del parque. En el relieve del respaldo la leyenda «Donada por el Sr. Capistrán Guevara», el nombre de mi padre. Y alrededor, las siluetas de dos peces, laureles por debajo y más pequeñas, grabadas en la fundición las siglas de la mina donde papá laboraba. Me retiro la bota y mi calcetín está empapado de sangre, me lo quito y junto a él cae un enorme trozo de piel, de hueso y más sangre. Me lo rasco con náuseas, y me da más sed. Mi carne se cae como si se tratara de un guajolote hervido, caen los pedazos y la sed me carcome. Empiezo a arrastrarme, el riachuelo está cerca, la cascada me llama. Y tengo más y más sed. Quiero pedir auxilio, pero mi vista se torna borrosa y no puedo emitir palabra alguna. A medio camino, ya sin pierna, me convulsiono por el suelo de piedra y cada vez me muevo menos.

Moriré, sé que moriré. Y sigo, y sigo, hasta que la cascada se escucha más cerca, y en un instinto casi primigenio me arrojo al agua.

Suena el chapuzón.

Bebo poco a poco, los ojos bien cerrados, cerrados y el escozor en mi piel agudizándose. Estoy a oscuras, la luz de los faroles no alcanza este sitio, y ni aunque pudiera ver distinguiría las cosas.

La luna ilumina poco y ya no huelo el pan, sino fango. Con el pie que me queda y con esta efervescencia de mi cuerpo siento en el fondo del riachuelo una piel babosa. Bebo, bebo, sigo bebiendo. Me siento en calma.

—Has llegado, hijo mío— me dice una voz suave. La escucho dentro de mi cabeza.

Abro uno de los ojos y entre la oscuridad del estanque trato de distinguir entre las aguas oscuras y de pronto la luna ilumina la silueta de un bagre que me mira con sus enormes ojos compasivos, las formas se amoldan, todo adquiere sentido.

—No temas más, no hagas esfuerzo. Has llegado— repite, y su aleta me abraza.

Me dice, zangoloteo mi cuerpo y se van desprendiendo más trozos de carne, allí va mi camiseta, mi billetera, mi sombrero, la novela de bolsillo, deshojada se reparte por el agua. Empiezo a aletear y me siento en un mundo donde ya había estado antes. Mis escamas se frotan con las del pez bajo el agua. Busco entre su cuerpo con la boca un seno para saciar mi sed. No hallo nada, pero me siento completo. Y ya no siento ningún corazón latiendo, ni tampoco siento sed.

—Deja que se te caiga la demás carne, hijo mío, espera a recuperar tu primera forma, entonces te daré de beber una vez más.

EL ESQUELETO DEL SALÓN

Como fui en otro tiempo, así soy ahora.

ALEKSANDR PUSHKIN

Ahora todo es una bruma oscura, la bruma oscura que sabe a silencio. No sé si alguna vez estuve vivo, o fue solo una mentira constante que me dije y me convenció. De este lado del salón los pupitres se ven lejos, muy lejos. Se ven solos, muy solos.

Allá al fondo del salón, en la gaveta se escurren los libros de física y química... como saltimbanquis se barajean también los textos de la alta literatura, poemas, novelas incompletas, sagas fascinantes y delirios, libretas olvidadas, castañuelas, guantes e hisopos. Todo sigue siendo una bruma oscura, mas no siempre fue así.

Tengo destellos de una o muchas vidas, algunas que ya no sé si fueron la mía o siguen siendo destellos de la mentira que me pasé repitiendo.

Los destellos se manifiestan en forma de imágenes que siento perfectamente en las cuencas de mi cráneo, en las pupilas de los ojos que no tengo, siento cómo se proyectan posibles las escenas, escenas de otras vidas. Un maremoto de recuerdos, y entonces el alba recubre la memoria.

Allí veo a Ele, la miro estudiando hasta altas horas de la noche, hojeando y subrayando enormes libros de anatomía, densos bloques de texto que alterna con garabatos y tinta azul en una libreta oscura. La miro y es como si el tiempo se paralizara. No hay nada más bello que el nacimiento de una idea y el aprendizaje de otras más.

A veces me pregunto si ella también me mira, a veces creo que piensa que soy un monstruo, que piensa las telarañas que emergen de mi tórax nunca albergarían un corazón... creo que piensa que soy un monstruo porque sé que ha visto las fauces de otros monstruos y ha librado pírricamente batallas colosales, afrentas con otros demonios, ha conseguido erguirse en batallas de tiempos antiguos, pero esta vida la ha lastimado de formas que duelen demasiado y es normal que a estas instancias desconfíe de cuanto hay en derredor por el miedo de que otros monstruos se oculten entre la maleza o las esquinas oscuras de la habitación. Por eso cree que soy un monstruo, que incluso yo, como esqueleto inerte del salón, puedo lastimarla.

A veces tengo miedo de que me tenga miedo.

Ahora la miro sacar de su mochila negra un aperitivo, una galleta o un malvavisco, no sé ni conozco de eso. Rasga el envoltorio como un gato cubriendo sus huellas con arena. Da un mordisco y continúa leyendo y revisando el grueso libro de anatomía, lo acerca a su rostro como si fuese una mascarilla. Si tuviera siempre una lupa, la usaría. Es ciega ante lo aparente, su mente se vuelve una maraña y pierde el enfoque de las cosas. ¿La gente sabrá que sus lentes no tienen graduación? ¿el mundo sabrá que la vida también puede ser borrosa desde el origen? La mirada se le nubla de repente, da un bostezo, acaricia la mesa, tiembla la pierna, cubre el texto que escribió, lo borronea, sostiene la hoja, la arranca, la arruga y da al cesto de basura. Una pestaña reposa elocuentemente en su pómulo. ¿Si tuviera ligamentos y buen pulso me permitiría retirarla de su cara?, ¿si tuviera aliento me dejaría soplar su pestaña hacia el cielo? ¿me dejaría abrazarla frágilmente, como si fuéramos a rompernos y luego decirle que es de buena suerte? Ele, ¿tienes otros esqueletos del salón mirándote en otras aulas? ¿buscarías otros esqueletos tan solo porque te doy miedo?

—No siempre fui un esqueleto, ¿sabes? —le digo, como si me oyera. Como si de mi tráquea y mi columna que se va formando y se une mediante clavos y remaches al resto de la osamenta, acaso brotara una garganta que dijera—, no siempre fui un esqueleto de salón, algunas veces viví otras vidas.

Ele se rasca el mentón y apunta algo que leyó en una de las hojas. Achica sus ojos para descifrar las letras pequeñas y luego sigue garabateando.

Continúo:

—La salud de los enfermos y defender la vida debe ser la quintaesencia del ser humano —digo, histriónico, como repitiendo lo que alguna vez dijo algún profesor en vida. Ele no me hace caso, pero sigo hablando. Comienzo a decir cosas sin sentido, como si en verdad creyera que ella me escucha.

—De todos los huesos el más pequeño es uno que encontramos en el arco del oído, es el hueso más ínfimo, el más pequeñito —platico, Ele lanza un suspiro de hastío que retumba toda el aula. Luego sonríe y cambia su cara de congojo, y parece que se dice a sí misma que no pasa nada. Y pasa todo, Ele, sé que pasa todo, aunque digas que no pasa nada. Aunque no me quieras decir qué pasa y yo me haga remolinos con sobrepensar las cosas.

Decido callarme un rato, no quisiera que mis balbuceos la distrajeran de su misión de aprender. Ele no sabe que la admiro, que amo mucho su resiliencia y que desde que me di cuenta de que todas las noches viene a estudiar hasta que los párpados le pesan, y que cuando pretende detener la lectura sé que repite un mantra que habla de algo así como que «Alguna vez conseguiré ganar mi vida». Ele, ¿te quedas hasta la noche porque no quieres estar en casa? ¿por qué no quieres regresar a veces? Ele, ¿por qué te quedas callada? ¿Ele, has estado llorando?

Guardo silencio y ella prosigue su lección de anatomía. Cabeceo y entrecierro los ojos que no tengo, y entonces Ele se ha marchado. El tiempo ya no funciona lineal. ¿Por qué te vas? ¿por qué te alejas de mí?

¿cómo le hago para que no duela esta sensación de que te has ido? ¿cómo hago para que no me duelas?

A veces pienso que viví otras vidas, o a veces dudo de si esta es una de ellas. Es de madrugada y los fantasmas se pasean por el aula… hay mucha quietud. El mundo de noche es más calmo, más quedo. Pasa un velador por su rondín nocturno y lo saludo con las falanges carcomidas; una señora de intendencia alguna vez quiso quitarme el polvo y terminó tirando un trozo de mi clavícula y dos dedos que se perdieron entre el aserrín y la mugre. Veo la luz de la luna bañar los azulejos, he observado detenidamente el decoloramiento de las ventanas, la acumulación de polvo en el dintel de la entrada, la caída de las hojas en el sabino de afuera, el óxido que carcome por dentro el casillero de Ele. Cómo se funden los focos y cómo vienen a cambiarlos. Veo pasar numerosos otoños y noches, y veo morir arañas y saltamontes, escucho nacer a grillos y espectros. Si tuviera barba, apuesto a que se habría vuelto canosa, si tuviera pelo, apuesto a que la tierra lo habría llamado, si estuviera vivo, qué ironía, apuesto que ya habría muerto… Ele, ¿piensas a menudo en la muerte? Mi íntima amiga a cuya imagen y semejanza he sido hecho…

Seguiría divagando hasta el fin de los tiempos, pero en un parpadeo Ele vuelve a estar ahí, parece que fueron aeones, revisa minuciosamente otro libro más delgado. Ha pasado mucho tiempo, lo sé porque tiene otro peinado y la longitud de su cabello cuenta muchas historias. También su sonrisa es distante y distinta. Transcribe sus anotaciones en una computadora y sonríe dichosa. Estuvo llorando hace unos días, puedo asegurarlo. Pero llora en silencio, se ríe nerviosa del destino infame. Sufre por dentro y para sí. ¿Habrá sido feliz este tiempo? ¿Cómo le fue en su presente? ¿cómo le irá en su futuro? Ele… ¿eres feliz?

La saludo con la vista, quiero decirle que la extrañé, que tuve mucho que contarle… que quise platicarle de lo que viví en otras vidas, antes de ser un esqueleto del salón, y que también quise escuchar sobre su vida, que me contara de esa cicatriz en la rodilla y esa venda en la muñeca izquierda, que me hablara de quién le regaló esos aretes cuadrados, los lentes nuevos de pasta oscura y la bolsa de mano, platicarle que uno de sus cabellos fue girando por la habitación y quedó atorado en mi base, y es lo único suyo que conservo cerca de mí… más largo que una pestaña, todavía portando el mar café de su cabello, pero hoy más que nunca guardo silencio, ya no quiero parpadear más, porque sé que el tiempo volverá a quitarme su imagen si me descuido, el tiempo me la volverá a quitar y no dará tregua. No quiero que me la quite. No quiero que se vaya de mí y de mi vida.

La miro estudiar. Ele usa bata blanca, un pantalón de mezclilla oscuro que juro haberle visto incontables lunas… no, debe ser otro, uno nuevo, imposible que siga siendo el mismo, aunque la ropa y sus combinaciones no entran en las prioridades de su vida…

Siempre fue meticulosa, atenta, sincera, perfeccionista, siempre supo más que el resto de estudiantes de este valle de lágrimas. De lo contrario no hablaría acerca de ella, ¿cierto? Ele sabe que no le cantaría a lo ordinario. Que no amaría a nadie más. Se aguanta las ganas de llorar, evita con saña quebrarse, se hace la fuerte, se hace de roble.

No aguanto más y le digo:

—Si de vacíos se trata, yo sé más de lo que quisiera… —me callo, me siento imbécil.

Alguna vez leí en uno de esos libros de alta literatura que, si no tienes algo mejor que decir que el silencio, no abras la boca.

—Fui un experto en otras vidas en tratar de llenar vacíos —le digo, sin cerrar los ojos, esta vez, por primera vez, esperando respuesta—. ¿tú has intentado saldar tus vacíos, Ele?

Ele calla, mira incómoda al reloj de techo, lanza un suspiro, su mirada es amenazante, a Ele no le encanta que le pregunten cosas, no se quiere quebrar, pulsa la pantalla de su teléfono y se percata de la hora. El reloj de pared está atrasado, definitivamente ya es tarde. Ele se pone de pie, guarda sus cosas y se aproxima a la salida. Tiene unas botas que repican el piso gris. Tiene un contoneo flamenco, un andar veraniego, una silueta mística. ¿Quién vendrá por ti? ¿cómo te irás? ¿a dónde vas?

—¡No me olvides! Yo no te olvidaré —le grito, como si mis palabras se hicieran sonido, materia, vibraciones.

Ele, que ya va hacia la salida se detiene, como si hubiera escuchado mi impetración.

Tengo miedo de que me tenga miedo, pero más aún, de que me tenga lástima o me olvide. Mira hacia atrás, pasea sus ojos torpes y maravillosos por el aula, y sé que ve este salón por última vez, sé que en cuanto pueda emprenderá vuelo lejos, irá a salvar vidas a otros litorales o a investigar, o simplemente tirarlo todo por la borda y recomenzar. Ele pasea sus ojos por el salón y me observa, me observa de frente, creo yo, por última vez. Recuerda tímidamente la primera vez que entró a este salón y nos cruzamos. Me mira como diciendo: Oh, estás ahí.

Me sonríe, me ilumina con sus ojos y hace que tantos silencios y tantos vacíos hayan valido la pena. Sí. Ele sabe que el nombre "Ele" cabe en la palabra "esqu**ele**to". Así la quiero recordar, sonriéndome. Así la voy a recordar, como parte inamovible de mí.

Ele ha terminado de estudiar, y sé que se irá, ahora siguen nuevos caminos, como niña con cientos de globos sostenidos por su pequeña manita caminando por el parque, y que libera sus sueños para que encuentren puertos en el cielo. Ele, quizá en otra vida o en otra dimensión, salvará a quien fui o a quien seré. Ele siempre será mi vida favorita.

Ahora cierro los ojos que no tengo por última vez, me quedo con su sonrisa y espero que llegue lejos, sé que llegará lejos, es más fuerte e inteligente que todas las personas que he conocido. Ojalá el tiempo me hubiera dado más tiempo. Ojalá hubiera vivido más vidas y en alguna de ellas la vuelva a ver. El tiempo me arrebata su imagen y termino de nuevo siendo un esqueleto en el salón. Ahora todo es una bruma oscura, la bruma oscura que sabe a silencio, pero nunca a olvido.

No sé si esta vez estuve vivo, o fue solo una mentira constante que me dije, pero si no fue real, es decir… si no sucedió, si esto no sucede, porque el tiempo no es lineal, espero que al menos Ele consiga ganar su vida y un día cualquiera, sin proponérnoslo, se presente otra vez ante estos ojos que no tengo, pero que sueñan todo el tiempo con que la vuelven a ver.

NORESTEADA

para Gardelia

Si supieras quién fue Aníbal Riquelme en sus años mozos, no creerías cómo terminó así. Te sorprendería saber lo que hizo. Lo respetarías más, no lo ignorarías cuando pasas por el boulevard y él levanta su vasito de plástico rojo para que le obsequies una moneda.

Le harías caso, te pondrías a escuchar sus cánticos, te postrarías ante él, lo reconocerías como un profeta, como un elegido por el mismísimo Dios para expandir su palabra en el primer cuadro de esta ciudad laberíntica. Y no sólo eso, te pondrías a predicar, en continuo, lo que él te enseñó; irías a otras colonias, al centro de otros municipios a esparcir su mensaje porque, en serio, le creerías, creerías cada palabra que emana de su aguardentosa garganta. Te diré, te voy a contar su historia.

Aníbal Riquelme llegó a la ciudad a los cuatro años, en tren; toda su familia huyó de la peste que azotó el poblado de Candilejas, a siete horas de la cabecera de San Luis Potosí. Su padre, jornalero, intentó salvar con la huida a sus demás hermanos. Desde que llegó, Aníbal se puso a ayudar a su padre en la venta de semillas, semillas que compraban a granel y que comerciaban en pequeñas bolsitas de plástico. Los días eran pesados, su rutina comenzaba a las cinco de la mañana, vaciar, limpiar, soplar la bolsa, echar la porción y el resto del día vender hasta que se agotara la ración y tuvieran que volver a surtirla. Así, repetidas veces durante varios años. Siempre había compradores, siempre había cáscaras en el suelo por doquier, siempre. Siempre.

Pasó el tiempo, el padre de Aníbal se hizo de amigos que le ofrecieron un mejor empleo como velador en una fábrica de metales. Pero el muchachito permaneció atendiendo ahora un puesto de semillas a contra esquina de la Alameda.

Eso de la escuela ni al papá de Aníbal ni a él le interesaba; sabía que en la gran ciudad la única manera de sobrevivir era mantenerse alerta y ganarse el pan del día para tener suficientes energías para ganarse el del día siguiente y así, por los siglos de los siglos. Por tanto, cuando el muchacho había cumplido sus catorce, una década y meses después de haber llegado a esta ciudad, su padre convenció al superintendente de que le ofreciera un trabajo como obrero en la fábrica; Aníbal era un niño famélico, quebradizo, marrón, mascabado por el cruento sol de la región, pero era optimista y tenía demasiado aguante; a su edad y con su complexión, lo más que pudieron ofrecerle fue un empleo como auxiliar, ergo, chalán, ergo, el muchachito que llevaba cocas, que hacía mandados, que limpiaba cosas, que iba por los cigarros y el lonche.

Lo siguiente no estoy para contarlo, pero te lo contaré de todas formas; con el tiempo, Aníbal tuvo su despertar amoroso, se comenzó a interesar en las muchachas que vendían ropa en Washington, o a las que se topaba en el templo cada que iban a agradecerle a San Cayetano por el trabajo; sin embargo, lejos de todo ese vaivén de floridas mujeres de la localidad, se enamoró perdidamente de una de las damitas que repartían folletos y libritos del antiguo testamento en las esquinas, la perseguía y cuando lograba alcanzarla sólo le sonreía, se quedaba paralizado, sin nada que decir, y luego, la mujer se escudaba en su padre. La sonrisa de Aníbal era sincera. Veía en ella un no sé qué, que no hallaba en otros ojos.

Una tarde, durante una kermés, el muchacho invitó a la dama a caminar y a comerse una fritura. Aprovechó que el padre de ella se había marchado y que su madre se había distraído para pedirle que lo acompañara. Ella dudó mucho, pero las oportunidades surgen pocas veces en la vida y podríamos decir que no tuvo opción. Se quedaron caminando entre los puestos de antojitos y él le presumió que trabajaba en la fábrica de metales y que buscaba una vida feliz, ya sabes, estar casado, tener hijos, usar la máquina de su cuerpo hasta que aguantara. La mujer, con timidez y asombro, sólo le devolvía una sonrisa, pero en sus ojos brillaba una suerte de decepción. El sol comenzó a ponerse y tuvo que devolverla a la esquina con sombrita donde se instalaba la familia de ella a repartir y repartir propaganda de fe. Debo decir que son raras las cosas que nos depara la vida y que a veces es extraño cómo las religiones separan al hombre; en una de las varias citas, la dama le advirtió a Aníbal que ningún futuro junto tenían, porque ella sólo podía casarse con alguien que eligiera su padre y, por consecuencia, con alguien que formara parte de su congregación. Él ni la pensaba en decir que podía unirse a lo que fuera sólo por ella, pero recibió una perorata de fe y de elegir a Jehová padre por encima de todas las cosas; que de eso no se trataba, que no se podía burlar al que habita en todos lados.

Con los años y, con la experiencia como chalán, a Aníbal le ofrecieron un empleo ahora como obrero; fundiendo, doblando y transportando metales. Un empleo categórico que vino con el progreso de la ciudad, con su crecimiento vertical y su ilimitada expansión; en ese sitio duró muchos años y habría durado más, pero, bueno, creo que me estoy yendo por otro lado. Si te siguiera contando te sorprenderías, te sorprendería ver cómo camina por la calle Morelos y cómo los curiosos lo miran con asco, temor o desconfianza. Querrías ofrecerle algo de comer, ofrecerle una cobija durante el invierno, ofrecerle algo.

Aníbal, intentó varias veces casarse con la dama, la siguió pretendiendo y buscando; era especial para él, sin embargo, ella se fue echando poco a poco para atrás, le ponía trabas, le conjuraba miedos, le decía que no estaba lista y un montón de cosas más. Eso a Aníbal le afectó, mucho más que el fallecimiento de su padre; la peor soledad de todas las soledades es la que uno vive cuando, en una ciudad ajena, vetado de tener amigos y crees que el amor era un manjar prohibido para ti. Se puso mal, muy mal, comenzó a ponerse ido, a perderse entre la nada, a promulgar una rebelión del silencio. Tuvo varios intentos de acercamiento con el padre de ella, pero éste era un obrero, un obrero sin Dios, ante un importante hombre de fe. Y cuando el señor se enteró la clase de calaña que pretendía a su primogénita, le prohibió fervientemente volverlo a ver, la condicionó a dejar la prédica callejera y terminó sirviendo en un templo sabrá Dios dónde. Aníbal comenzó a investigar, con contactos de todos lados, para dar con su paradero y, en el mejor de los panoramas, robársela.

La empresa le duró muchos meses, jamás me dijo su nombre, pero sí me dijo que le preguntó a cada uno de los de ese culto sobre ella; un alma caritativa le dijo que supo que ésta ayudaba en la limpieza de uno de los terrenos de la congregación, le dio la dirección, Mitras Sur, en la zona poniente de esta ciudad enormísima. Tuvo que agarrar dos camiones y preguntar varias veces para dar con el paradero. Llegó al cercado oscuro alrededor del edificio blanco. Se aproximó a las afueras, un recinto perfectamente cuidado, con poco movimiento adentro y tocó y tocó, pero nadie le abría. Gritó su nombre, no obtuvo respuesta. Se quiso brincar y al instante llegó una patrulla por él y lo detuvieron quién sabe cuántas horas. Le dieron una golpiza y lo aventaron en otra parte de la ciudad.

A las semanas, saliendo de trabajar, siguió insistiendo. Sólo una tarde, la madre de ella, por compromiso, por camaradería, por empatía humana, le reveló que era tarde, que era imposible, que ya se había ido a vivir a los Estados Unidos, y que ya estaba apartada para casarse con uno de los nietos del ministro Cowen. Le pidió que no la volviera a buscar jamás, que no fuera caprichoso, que era de otro mundo, que ella, su hija, nunca sería para él.

Días luego, en la fábrica, manejando una prensadora, uno de los doblones de acero se atascó; alguien debía desatorarlo y lo comisionaron a él que, en total distracción, olvidó desactivar la manivela y al desatascar la pieza los engranes de la prensa jalaron su manga y ésta se tragó el brazo casi en su totalidad…

Solo, sí. Esa sería la descripción absoluta de Aníbal, solo y manco. Ves, te dije que te angustiaría saber cómo perdió un brazo. Cuando lo ven en el suelo pidiendo monedas, la gente mira con asco y asombro su muñón; una madre sale de la estación de metro con su niño de la mano y el niño se detiene y mira apabullado al hombre sin brazo, y la madre le da un jalón, y se pierden en los andenes.

Después del accidente y, al no recibir sino una mísera dádiva para pagar la cirugía, fue despedido. Fíjate, ni siquiera de velador, por el tiempo que dedicó su padre, lo quisieron, y así comenzó a mendigar; por un instante quiso volver al comercio de semillas, pero ninguno de los que estaban en esa treta le quisieron dar la mano, ay. Qué irónico y grosero soy al decir algo así, pero es que es la verdad. Si lo vieras, si lo hubieras visto, pobre hombre; alguna vez le pregunté qué había sido de la dama y por qué lo afectó tanto.

Y no sé, la verdad no sé cómo puede afectarlo a uno ese tipo de separación, pero, bueno, se fue volviendo más y más loco. Comenzó a vender dulces y cigarros, pero luego empezó a mendigar. No sé si sea la palabra correcta, pero sí, iba loco. Estaba una noche en el parque hundido, acostado, cuando tuvo una revelación, es decir, ese momento en el que el mismísimo Dios en persona baja de su pedestal y se digna a hablar con nosotros los aburridos mortales, y le dijo algo, le reveló algo, le comentó que tenía un nuevo plan, un nuevo orden mundial, y que ese orden comenzaba con él. Que Aníbal era el elegido para continuar su misión y que ignorásemos todos los mensajes que había dejado antes, que él sería su último gran profeta antes del fin de nuestros tiempos.

Y así fue, así sucedió. No podemos comprender a lo que llamamos «loco», no podemos entenderlos, nosotros vamos por la vida dudando de todo, desconfiando de todos y mucho más, de viejos harapientos y mancos que deambulan por las calles.

Y allí está, Aníbal, sentado a la derecha de la estación Padre Mier, meditando, solicitando monedas para financiar su empresa, para extender su palabra al orbe y las urbes. Y para decir, a veces en un lenguaje frenético e irreconocible, revelaciones que caen del mismo creador en persona, que se posa sobre su frente mientras el viento se roba las palabras que emanan de su lengua. Quizás Dios le reveló que un falso dios se robó a su amada, quizás le prometió un mundo nuevo, para todos, lo envío para restaurar la tierra, y algunas cosas más. A lo mejor, Aníbal es alguien más. A lo mejor, el brazo que le falta es el brazo que tenemos nosotros y también, a lo mejor, no queremos ver sus ojos vidriosos por temor a reflejarnos en ellos.

Ahí viene para acá, vamos a guardar silencio. Escuchémoslo, oigamos lo que tiene que decir.

UNA ROSA EN TU LIBRO

Y una noche llenó de flores su
cuarto, quemó blancas alhucemas
y se tendió en la cama.

HORACIO QUIROGA

Gastón había comprado una única rosa roja para regalársela a Gabriela. Fue en la florería de Francisco Villa, a escasos pasos de su trabajo. La compró por diecinueve pesos, la compró porque ella, desde hacía varias semanas, se empeñaba en decirle que no era detallista, que estaba muy ensimismado. Le repetía una y otra vez que a las mujeres como ella no les bastaba el amor, que tenía que comprarle cositas, escribirle cartitas, dejarle algún mensaje o llamarle para ver cómo estaba. Decía que de eso se trataba el amor, y que un amor pleno, trasparente, se alimentaba de gestos como ese. Un fin de semana atrás habían salido a la plaza a comer un elote y aprovechar el día nublado.

Estaban sentados en una banca del parque mirando al gentío: por allá, unos payasos sacando carcajadas a una multitud, más acá, unos jóvenes predicadores con su altavoz anunciando el fin de los tiempos, luego los vendedores de globos uniformados con telas manchadas y una que otra carretilla con cigarros sueltos, dulces y frituras. Gastón le platicaba sobre un diplomado interesante en Administración y *E-commerce*, le comentaba a Gabriela, su novia, que era importante seguirse preparando, pero a esos comentarios ella sólo le respondía una y otra vez con la misma sentencia: dejaré los estudios y diplomados y me enfocaré en la lectura.

Gabriela había terminado por obligación una carrera en administración de empresas, ella quería estudiar literatura, era su más remoto sueño, quería leer y leer, y dedicarse a escribir y reseñar. Pero cuando su padre supo su proyecto renunció a apoyarla, dijo que la prefería abogada, o doctora, o ingeniera, pero que de letras no viviría. Que la lectura no le serviría de nada. La opinión de Gastón no se alejaba mucho de la del padre de su novia, opinaba lo mismo, en un mundo tan competitivo, repetía casi como letanía, las profesiones productivas serán lo único que valdrá la pena. En un mundo competitivo como el que vivimos ahora, repetía y repetía, tienes que ponerte a trabajar, aspirar a una bonita casa, a un carro y a cinco días de vacaciones anuales.

Ella se excusaba de ser recién egresada, decía que estaba mandando solicitudes, que estaba enviando y enviando currícula a distintas empresas, pero se mentía a ella misma y les mentía a todos. Cuando un vecino, o un amigo o un conocido la invitaba a mandar a tal dirección una copia de su formación, ella decía que sí, y luego decía que ya lo había hecho, pero nunca lo hacía, prefería quedarse en su casa leyendo novelas inglesas de romance, novelas que no pudo leer cuando era estudiante. Pasaba horas y horas leyendo, se sentía la protagonista, y lanzaba suspiros y luego le entraban unas inmensas ganas de escribir. Creyó en algún momento que podría estudiar otra carrera, estudiarla a escondidas, pero le sería imposible y tarde o temprano tendría que ceder; el dinero de papá, o de su novio no la mantendrían para siempre y lo último que deseaba era verse a sí misma en la indigencia.

Gastón nunca rechistó en pagarle las salidas, en darle algo de dinero para comprarse ropa o libros o lo que quisiera, pero a ella lo que le dolía era la omisión de los detallitos, flores, algún chocolate, algún gesto bonito, algo romántico, como una serenata o llevarla a algún restaurante fino a celebrar un mes más de noviazgo, cosa que sí hacen los galanes de novelas decimonónicas.

Por tanto, el muchacho había comprado una rosa suelta, la más llamativa, la más brillante, la que tuviera el tallo menos brusco. Se la envolvieron en papel celofán y la puso en su escritorio el resto de la jornada. Ya en la noche que salió, olvidó sacarla de su auto y ahí se quedó hasta la mañana siguiente. Era sábado, había quedado en salir con Gabriela, y cuando se lavaba los dientes recordó que la rosa se había quedado allí, bajó aún en pijama y la trajo a la casa; seguía intacta, había soportado el impredecible calor intravehicular y seguía acaso presentable. Se acercó a olerla y ésta desprendió ese aroma peculiar de las rosas.

Aún funciona, se dijo, y celebró no tener que volver a comprar otra, fresca, ni mucho menos.

Terminó de alistarse y luego se dirigió al residencial donde vivía Gabriela, el guardia lo reconoció y le permitió la entrada, luego se estacionó frente a la vivienda. Agarró la rosa, se puso colonia y se bajó del auto ocultándola con su brazo izquierdo tras su espalda. Tocó el timbre dos veces, carraspeó. Esperó a que le abrieran y salió Gabriela ya lista. Se dieron un beso. Y luego hizo su aparición la flor. A Gabriela le cambió el semblante por completo, sonrió y emitió un ademán de ternura. Luego lo abrazó. Aproximó la flor a su nariz y aspiró ese adictivo aroma. «Ya vuelvo», dijo, y entró de nuevo a su morada con la flor, la puso en un vaso con agua junto a su buró y regresó con su novio. Salieron a desayunar, luego fueron al parque e hicieron lo que habitualmente hacían, sólo que ahora con un cambio de actitud impresionante de Gabriela, que para todo le daba la razón. Lo abrazaba mucho y le decía «Mi amor».

Transcurrieron los días y mientras ella leía y leía, la flor se iba marchitando; por más cambios de agua, era inevitable que habría de morir. Se le ocurrió colocarla como separador en medio de uno de sus libros más viejos, una edición del 68 con las hojas al borde del despaste. Un libro interesantísimo, una novela rosa que después se propuso en terminar. Meses luego, y después de avanzarle a la lista de libros pendientes, finalmente Gabriela abrió ese antiguo libro y encontró su flor seca y marchita.

Sonrió, y, aunque fue la primera y tal vez la última flor que le regalaba su novio, se la acercó a las narices y aspiró ese amargo aroma de la muerte seca. Aspiró también las hojas del libro y con cuidado se recostó en su cama y comenzó a leer. Era noche, afuera inusualmente llovía en medio de la canícula. La rosa arrugada y marchitada descansaba a un lado de sus sienes.

Gabriela se quedó dormida leyendo y el ejemplar se cayó al suelo, justo sobre una alfombra color marrón. La rosa quedó a la altura de su sien. La dama dormía y soltaba uno que otro ronquido.

A la mañana siguiente, llegó Gastón ahora con un ramo de rosas rojas que compró por cien pesos. Tocó la puerta y le abrió su suegro. Había quedado en viajar a Linares con su novia, por lo que desde temprano se alistó. El papá de Gabriela le comentó que ella seguía dormida, pero que con gusto podía pasar a esperarla, y así fue. La esperó en la sala mientras el padre tocó una y dos veces la puerta de su hija. No respondió. Supuso que se había quedado leyendo toda la noche. Abrió la puerta y repitió varias veces «Gaby, Gaby, mija, llegó Gastón».

Se acercó y la vio con los ojos abiertos mirando al techo. De su boca salía una espuma azulada y todo su semblante era inerte. Emitió un grito desesperanzador. Gastón soltó el ramo en el suelo de la sala y subió alarmado. Al ver el cuerpo de Gabriela, lanzó un gritó también.

De la boca de la dama, ante los sorprendidos ojos de los hombres de su vida, salió un insecto extrañísimo, mezcla entre una cucaracha y un escarabajo brillante, el insecto se perdió entre las cobijas. A su lado, la rosa marchita parecía un huevecillo reventado, del que salían, por igual, pequeñas alimañas esparciéndose alrededor de la almohada.

Bogavantes

a Mitchel Carbajal

Escúcheme, Francisco, cierre ese libro y siéntese aquí a mi lado. Cuando me muera, va a tener todo el tiempo del mundo para seguir leyendo. Es la última vez que se lo pido y hablo en serio.

De pasada, tráigame una taza de ponche o de té, o lo que sea que haya puesto a calentar su mami Nena. Sírvamelo en la tasa mediana que probablemente siga sucia en el fregatrastes, esa es la que no se calienta tanto.

Escuche. No hay enfermedad más cansada, ni tristeza más grande que ese momento en la madrugada cuando suena la alarma de un coche y los vecinos se molestan por el ruido. Uno que otro vocifera y entre los parpadeos auditivos se pueden escuchar los quejidos de algún asalariado molesto: *¡ya dejen dormir, chingado! ¡Apaguen ese auto!*

La calma e intermitencia del estruendo dejan entrever pequeños momentos de silencio que duran menos que un segundo.

Y tan silencio es que, si te concentras, te aseguro que puedes escuchar los pies descalzos caminando por fríos azulejos y dedos abriendo las cortinas o las persianas.

Se oye a que un vecino se retuerce del enojo, lo sé, porque su enojo se escucha hasta acá junto con la alarma. Y antes de que me diga loco, Francisco, le juro que para un hombre con mi condición decir que se puede escuchar el enojo es de lo más normal.

Tres minutos sonando la alarma y ya comienzan a encenderse bombillas a lo largo del complejo de apartamentos, segundos luego los perros comienzan a ladrar.

El propietario del vehículo, que es el del sueño más pesado, se levanta asustado luego de que su vecina de al lado le da tres golpes a la pared que da con su cabecera.

El propietario, a quien llamaremos Plutarco, está tan empeñado en callar el vehículo que sin prender luz alguna palpa con sus manos el buró, el tocador, se mete al baño, no encuentra las llaves, no encuentra aquel dispositivo para apagar el infernal ruido que despierta a media colonia. Pisa el cinto que se cayó de la silla, golpea el meñique de su pie derecho sobre el costado de la cama.

No ve nada, se oye a que no ve nada, a que sus ojos terminan siglos en adaptarse a la oscuridad.

Está tiritando, la alarma no se detiene.

Finalmente encuentra la llave, estaba en su pantalón. Presiona los cuatro botones indistintamente; lleva más de ocho años manejando el mismo auto y jamás logra recordar la posición de los botones; candadito abierto, candadito cerrado, botón que dice *panic* y el último con el rótulo de un coche y la cajuela abierta.

Dos sonidos en fa y luego viene la calma, el auto está cerrado. Ha detenido el ruido. La colonia retorna a su paz. Parece que el botón ha calmado a los perros también.

Todo eso lo ha hecho el propietario de manera veloz sólo para darle gusto a los demás, para no despertar a nadie. Es una colonia joven, muchos recién nacidos duermen, más vale una alarma callada que llanto de bebé toda la noche, y ese es el que cala más a los asalariados, ese provoca más ojeras que cualquier coche llorón.

Supongo que eso es bueno, supongo que es un avance, Francisco, porque al que le toque levantarse a mitad de la noche a buscar las llaves y callar al carro, le tocará también una paz gloriosa en el instante en que retorna a su cama que aún sigue tibia, soñará cosas bonitas pues el silencio ha vuelto a su vida.

Recuerdo cuando era niño, una noche en que mis padres apenas se acostaban yo logré dar con las llaves del *Ford*, ese botón rojo me incitaba a presionarlo, no sabía su función así que era el momento para descubrirlo. Cuando mi dedo lo oprimió, una pequeña señal remota se dirigió al vehículo y comenzó a sonar la alarma. Mi padre bajó en calzones con un bate y salió a la calle, miró a los alrededores en busca de algún ladrón y al ver todo en orden, regresó lleno de furia. Buscó las llaves que yo tenía en las manos y después de apagar la alarma me agarró a cintarazos.

Fíjese qué triste, Francisco, que en esta colonia hoy en día cualquiera que sea el propietario no sale en calzones a buscar ladrones. Si alguien lo cristalea, el seguro lo paga… más vale una noche callada, Francisco, más vale tener a los vecinos en paz… bien, ya que me desahogué con usted, puede volver a leer su libro, ni me diga de qué trata porque ya me leí todo el librero, no hay nada nuevo para mí… yo tengo que seguir pensando, pero no me prenda la tele ni me ponga la radio, déjeme aquí en la cama… ojalá en la noche no suene ningún auto, no importa que sea un ladrón buscando monedas o niños arrojando piedras, o un simple coche con ganas de romper la calma de la noche… ojalá no, para no sentirme triste, más triste que estar en cama, enfermo, esperando la muerte.

VERANO ES LA ESTACIÓN MÁS CRUEL, DE VERAS, DE VERITAS

En primavera los grillos se la pasan de karaoke toda la madrugada. Elaboran bacanales sórdidos y desenfrenados en florecitas que recién inauguraron y cambiaron de administración durante el insigne invierno. ¡No me dejan dormir! Luego el polen. Las alergias… ¡las hormigas!... campantes, en filita una tras otra; viaje de expedición a la cocineta. Después, por la noche, las polillas con sus cafés literarios alrededor del ojo de luz ahorrador (no sé si discuten a Heidegger, Foucault o a Bloom, no me he quedado a escucharlas).

Fastidioso, por supuesto, fastidiosos los caminos de la enérgica aura positiva que rodea a todos. Apenas hace un año, en turbulencia anacrónica, tu superior al mando te comisionó a recibir púberes de todas las edades en un carnaval de la palabra. Ahí fue cuando nos vimos. ¡Qué distinta hubiese sido la historia si no la estuviesen contado los perdedores, sino los victoriosos!

Pero acuérdate de que cruzar palabra no implica necesariamente hacer que alguien quepa en tu vida; supongo que las cigarras y los grillos y los gusanitos quemadores y las chinches pedorritas y las cucarachas se embelesan con menos rodeo…

un silbido, una mirada con sus segmentos de ojos que van desde los dos hasta las cuarenta pequeñas filminas hexagonales con las que tienen una visión 70/70 (no como tú y yo, que estamos tan ciegos... literal y simbólicamente), un raspado de anca trasera y ¡Pum!

Su *lifetime* es limitado y sus expectativas de la vida son menos purulentas que nuestro *almost quarter of century*. Los bichejos no construyen un mundo *a posteriori* del apareo, son felices en la época de verano.

Recuerdo: Öktober, luego de tu cumpleaños. Requerías urgentemente mis servicios de verborrea. Y aquí comenzamos a hablar, ¡chécale bien! ¡Hubo paga de por medio!, entonces azar, entonces coincidencia. Vivíamos a unos cuantos pasos. Cualquiera pensaría que ante el arraigo repentino de una charla diaria que superaba las cuatro horas, habría de surgir un decoro metasentimental. Y es que también –recuerdo– que te bordé (en pleno octubre que significa pinche calor todavía) un suéter de palabras que nunca te pusiste. Lo hojeaste con minúscula petulancia y jamás expresaste punto de partida, ni un acongojo (casi medio año y jamás estrenaste mi prenda). Tal vez, en el fondo, me necesitas menos por lo que yo más soy.

Este verano es más caliente aún, sobre todo porque ya tenía rato que no salía de la ratonera. Imagínate.

A veces pienso en la duración del amor, mi querida Arianne. Sin duda el amor es un insecto; los menos longevos duran de 14 a 26 días. Algunas mariposas alcanzan los dos meses y las abejas guerreras *et* libélulas a lo mucho llegan a la mitad de un año. La mariposa, completa apología de ti y de mí, vive, en promedio, once meses.

Y es que en once meses cabe el recuerdo del primer *brassiere* en el suelo, dos o tres besos sobre la lluvia, 2.4 pruebas de embarazo tras un retraso de trece días, *one* ramo de rosas, serenata, cuarenta y siete selfis, cinco vasos de agua, tres tópers, dos *topless*. Unas piernitas jugosas y el sol bandido del verano mascabándolas. Pero el verano desespera, no ya por el calor ni por el nefasto sonido de los aspersores rociando agua indiscriminadamente en todo el parque.

Verano es ese periodo de tiempo donde los bichos tienen demasiado tiempo libre, y al salir del capullo, más bien prefieren buscarse nuevos problemas, nuevos castigos, antes de que su reloj biológico se apague para siempre. Verano es la estación más cruel, de veras, de veritas, porque, aunque la gente diga lo contrario… ahorita duele más la soledad adentro del exoesqueleto, donde debe ir el corazón.

DOS IMANES

Los imanes zumbadores están amontonados en las plazas, mercados y tianguis, te los venden por par a un precio que no puedes rechazar, los compras y te los llevas, «Son desestresantes». «Mi sobrinito se entretendrá con ellos». «Me da risa cómo suenan» dices, y te vas casi convencido de que todo va bien. Esto no es oferta ni demanda, es destino y despilfarro.

Al lanzarlos al aire a una distancia mínima entre ellos, vibrarán como dándose pequeños besos. Un sonido más tenue que el repique de las campanas y menos solemne que los choques entre las esferas de feng shui.

Pensemos que el amor es lo mismo; una pila con decenas de imanes a los que un día una mano desconocida llegará para elegir únicamente dos, el comprador creerá que comienza la diversión cuando realmente da paso al martirio:

Esos dos redonditos seres estarán condenados a estar juntos, te lo juro, he visto parejas y parejas siendo lanzadas al aire y golpeándose en un vibrar psicodélico hasta quedarse quietas cuerpo a cuerpo repetidas veces. Al comprarlas, ese par de manos que las eligió estará condenado de por vida, las pequeñas criaturitas negras, imancitos inocentes, también estarán condenados a atraerse y repelerse día con día. Correrán el peligro de alejarse si se miran con la misma cara, al querer darse la espalda terminarán indiscutiblemente pegados, vivirán la intensidad de los celos que se perciben cuando hay tornillos, limaduras o barandales cerca.

La mano que los compra estará atormentada si uno se pierde, tendrá que buscar bajo la cama o junto a la pata del buró, o bajo el mueble de la tele y se angustiará por unos cuántos días. No podrá volver al sitio donde los compró y pedir la mitad de su reembolso, el vendedor le dirá que si quiere puede llevarse otro par, aquello será una pérdida a los ojos de cualquier economista (mi hermano es uno de ellos, me dará la razón), por lo que dará por olvidado el asunto y se irá a jugar a la ruleta.

Sin embargo el imán solitario, que tiene la obligación de sufrir, quedará vacío, solo, lanzándose a las pequeñas grapas en el cajón del escritorio, recolectando monedas de diez centavos que habitan bajo la cama, perpetuamente llorando y buscando entre tornillos, refrigeradores, imanes parlantes o clavos aquel recuerdo de su pareja, esos besos llenos de *norte-sur*, esa indiferencia, ese extrañar la *fragancia-magnetita* de su imán especial, eso que tuvo y que no ha de recuperar si no es que rueda por alguna razón al rincón polvoriento que nunca se barre. Seguir buscando sin éxito las caricias y zumbidos de su adorada bolita bipolar, su media naranja de neodimio, su alma gemela.

Terminará pegado debajo del refrigerador, lamentándose, entre el polvo y el olvido. Ya no habrá repique. La vibración del enfriador consumirá todo lo que fue.

LEYES DE LA TERMODINÁMICA

Llegaste, hiciste bien -te buscaba con ansia-
refrescaste mi pecho que ardía de deseo.

SAFO

El invierno estaba en su centro, las estaciones del año se malabareaban la nota del próximo cambio climático: frío incesante. El sol a su distancia, tan lejos de la tierra, de mucho me recordaba aquellas crestas blancas del otro lado del norte.

Pero eso había quedado atrás, con nostalgia me ponía a pensar en los cambios de mi vida, el transbordo del metro era más que una rutina un camino a seguir, una vía, un subterfugio para redescubrirme más. A ella la conocí tiempo después, cosa de años, cosa de momentos plagados de un sinnúmero de situaciones. Éramos diferentes en todo el sentido de palabra, la única cosa en común que teníamos era el desvarío de nuestra vida, las malas decisiones que nos arrojaron a terminar en este rincón olvidado del mundo, eso, y la fascinación por el conocimiento, por el aprendizaje… el resto, agua y aceite, luz y sombra, cobre y platino, ella y yo.

La cosa simple, en el amor no se manda, sí, es algo trillado, un cliché ambivalente, pero debo jurar que la quise y de cierta manera, una parte muy dentro de mí la esperaba con sigilo.

Una noche, meses después de conocernos, de presentarnos, me interceptó a las afueras de la plaza principal, hacía mucho calor, el sol la eclipsó y yo miré un brillo radiante: llevaba un pantalón verde, sus ojos, debo decir que ese día, en específico, me enamoré más que nunca de sus ojos, de su mirada… y podría haber durado todo el tiempo del mundo observándole: recuerdo que la saludé y me extrañó que recordara mi nombre, pero muy en el fondo me hizo sentir bien, porque en veces anteriores ni siquiera me había dirigido la palabra, o me miraba a lo lejos y creo yo, fingía no acordarse de mí para evitar saludarme. Pero esos ojos marrones eran mi debilidad, mi angustia y anhelo. Mi todo y mi nada, mi desconsuelo.

Verano:

La cosa es simple y toparla en los pasillos del gigante de piedra que es el instituto, siempre será un honor. El tiempo ha pasado, en ocasiones la acompaño hasta su casa y verla entrar es un recuerdo agridulce. Más de una vez la he mirado en clases, sonriéndole a la vida, deteniéndose el cabello con un lápiz, superpoder que admiro de su persona. Le iba a pedir que fuésemos al cine hace un par de noches, pero todo coincidió con el fallecimiento de su tía y pospuse la misión a tal grado que terminé resignándome cuando la encontré junto a Cosme, el niño *nice* de dos grados abajo, ambos en la mejor de las salas, viendo el estreno del mes. Yo debía ocupar su lugar… ¡Maldito sea!

Invierno:

Ha pasado un año desde que me abordó en la plaza, ella comenzó a salir algún día de noviembre con Cosme y paulatinamente nos dejamos de hablar, el final del año fue tórrido, le estuve intentando marcar, pero al parecer estaba fuera de la ciudad, no entró ninguna llamada. Miraba las estrellas, digo, es feliz, se ve que es feliz, se ve que es inalcanzable como cualquier estrellita, pero de sus ojos, sus ojos no los comparto, sus ojos me pertenecen, aunque otro disponga de ellos y pueda verlos bajo la noche, bajo el brillo de una mega pantalla, bajo la sombra de un árbol. Ella no es para mí, no me conformo… pero tampoco desearía más… somos diferentes, sí, está con el tal Cosme, también, pero sus ojos son míos.

Primavera:

Hoy, después de mucho tiempo sin hablarnos, ella me marcó por teléfono; estaba triste, Cosme la había dejado. Veo en el gesto de llamada, no una evocación a su desesperación, veo una sutil manera de decirme que, pese al tiempo de no hablarnos, sigue confiando en mí. Soporté (aunque suene feo el verbo) escucharla dos horas en la línea. Me ofrecí a pasar a su casa y salir al parque a caminar y que me contase todo a detalle, pero se opuso, dijo que no estaba de humor, que suficiente tenía con que la escuchase. Al cabo de una larga charla en donde se desahogó, comencé a contarle de mi vida y con uno que otro retrato hilarante de mis anécdotas, la escuché reír del otro lado de la línea… pude imaginar sus ojos.

Mamá me dijo que quería conocerla, le dije una semana antes, que la invitaba a comer a la casa, dijo que estaba encantadísima. Mamá cree que es mi pareja, jamás lo he desmentido, ni negado… llegó el día, ese día no fue a la escuela y naturalmente, a mi casa tampoco. No contesta su celular, algo debe andar mal.

Ocaso de primavera:

Fui a su casa, su padre (a quien jamás había conocido antes) me comentó que se fue con alguien de paseo. Sí, se me rompió el corazón, pero así pasa cuando sucede, en el amor nadie manda… he dejado de buscarla, aun cuando me llamara, me he propuesto no responderle. Aun cuando me la topara en la escuela, me he propuesto no dirigirle la palabra. Ayer por la tarde la encontré en la fila de la librería. Obviamente olvidé mi convicción de no dirigirle la palabra nuevamente, sólo al ver sus ojos todo se me olvidó y me comentó que estaba bien, pobrecilla, verdaderamente pienso que jamás se acordó de la comida en mi casa… si no fue Cosme, debe ser un chico muy especial. Luce contenta, lo veo en sus ojos.

—Ojalá nos veamos pronto —me dice. Atraviesa la fila, paga, se pierde en el horizonte.

Verano:

El tiempo pasa fugaz, ya casi no la veo. Cuando sucede, ella está contentísima con su pareja, es un buen tipo, tiene linda sonrisa y mucho dinero, los miro recorriendo la plaza principal, los veo a veces en el carro lujoso de él. Sus ojos ya no son míos, nunca lo fueron, eso lo dije hacía tiempo, cuando tenía esperanzas. Clara, la de quinto, me ha invitado a salir, le dije que sí, fuimos a un café cultural, platicamos de muchas burradas, reímos como locas. Clara es muy linda, sería muy buena novia… lástima que sus ojos no se parecen ni siquiera un poco a los de ella…

Entonces fue el cumpleaños de ella, no de Clara, sino de ella. Me invitó tres días antes, llamó a mi casa porque había perdido mi número de celular, tengo entendido que cortó con su chico, tengo una inevitable sensación de que esto ya ha ocurrido tantas veces antes. Triste noticia, viniendo de su parte, lucían tan bien juntos. Fui a su fiesta, por supuesto no invité a Clara, le inventé que había una salida familiar; el sitio estaba repleto de sus amigos de muchos lugares, uno que otro primo, sus padres. Ella arrojaba una sonrisa fingida, siento que estaba allí por compromiso. Hubo un momento en la noche, en que sostuve su mano y le di un fuerte abrazo, mi piel rozó su piel, fuera de los besos de cortesía como saludo, era la primera ocasión en que la sentía, en que tocaba su piel, en que tenía sus ojos tan cerca. Bailamos en algún momento de la noche, bueno, ella bailó, yo sólo me moví; intentó enseñarme a desenvolverme, a exprimir mi ritmo, pero soy pésima para estas cosas.

Fue una noche inolvidable, la vi sonreír, dar vueltas y recordarme todo aquello por lo cual me enamoré. Ha sido un buen día, aunque estemos tan distantes, aunque formemos parte de mundos distintos, de universos lejanos, aunque ella piense en muchas cosas y sea tan inteligente como para fingir no darse cuenta de lo que siento, pese a todo esto, ha sido un buen día, ha sido un buen tiempo.

Las estaciones del año fluyen, pronto se acerca diciembre y con ello, frío tremendo, sacar las prendas para las tormentas frías. Mi corazón está cálido, no sé si algún día estaremos juntas o estaré condenada a conformarme con alguien más. Hará fresco, entonces me quito la liga de cabello que me regaló tiempo atrás y la mantengo religiosamente en mi muñeca izquierda. Desconozco y francamente no me importa, porque, aunque este amar no cubra mis expectativas, algo en ella, el simple hecho de que exista, de que esté allí, pero a su vez aquí entre mi pecho, latiendo, todo eso representa para mí un motor de calor, un remolino tibio que le da sentido a mi vida.

A veces sueño que llega, abre sus brazos y se cuelga de mí. Que se estampa contra mi cuerpo sin que le importe qué cosas dirán los demás, que me besa frente a la gente no para demostrar nada, sino para ejercer el amor que me ha prohibido. A veces sueño que somos dos metales y en un giro estrepitoso nos fundimos en una misma moneda.

Maimónides knew it

a Liz

El pasto recién podado siempre genera escozor. Dolor mudo para la planta cortada, urticaria para el que pasa.

Tenía un conocido, un "amigo" lejano. Entrecomillo la palabra amigo porque no sé si pueda decir que lo hayamos sido. Era mi contacto en Facebook. O sea que alguno de los dos le mandó *solicitud de amistad* al otro. Nunca hablábamos, jamás interactuábamos, pero debo decir que le agarré mucho cariño, más del regular, más que el que pareciera. Él trabajaba como asistente en la biblioteca del pueblo, creo que era primo de la hija de la directora del lugar. La señora, que tenía una sonrisa de político corrupto le consiguió ese empleo y vaya que le iba bien.

A mi "amigo" lo conocí en la fiesta de Jazmín una noche completamente olvidable, una fiesta de rollo mediano llena de silencios incómodos y gente revisando su celular. Ahí estábamos varios grupos de amistad de Jaz: los de su trabajo, los de la prepa, los de la facu, sus vecinos, sus familiares, los de la cuadra. Creo que en aquel momento ella y mi "amigo" estaban haciendo sus prácticas donde mismo, y por eso lo invitó.

Mi "amigo" se llamaba José López. El nombre más común y olvidable. Tenía no sé si veintinueve o treinta, y en su perfil a cada rato publicaba sus viajes, su placer por la lectura, el link a un video gracioso gatitos, artículos del periódico y a veces vaivenes de su día con día. Como la vez que le robaron su teléfono o cuando no le gustó una película.

Yo lo seguía de manera esporádica. Leía, aunque sin interactuar, sus estados. Miraba sus *momentos* sin reaccionar. Le tenía mucho aprecio, a tal grado que lo consideraba cercano a mí. Así le pasa a todo mundo, ¿no?

Yo casi nunca publicaba nada. Mi foto de perfil seguía siendo la misma desde hace seis años, y lo hubiera sido durante otros cuatro más, de no haberla cambiado por un moño negro el mismo mes que falleció mi hermana. En mi foto era yo, sonriendo para la cámara. Una *selfie* que me tomé cuando hice mi perfil. Nada del otro mundo, y nada de *likes*.

El caso es que una mañana revisando mi *newsfeed* vi las cosas cotidianas de siempre: le di *like* a la foto de Gema, mi amiga del trabajo, que aparecía con una cara rebelde mirando a la cámara y tirando dedo. La foto se la tomó Raúl Alberto, un fotógrafo que curiosamente estuvo conmigo en la prepa; escribí "jajaja" y un emoji de carcajada al meme que compartió Eréndira: una imagen de un perrito dormido y la frase: Yo, todos los viernes por la mañana; también entré a un *link* de una noticia sobre un niño atropellado en el sur de la ciudad y le di "Me gusta" a un par de comentarios; también vi un vídeo sobre cómo preparar pay de Oreo, cosa que nunca he hecho ni haré. Pero no vi nada de José López. Nada de nada. Ni su queja diaria, ni su *selfie* del día.

En principio lo ignoré, seguí mi rutina, trabajé y trabajé, hasta que durante mi hora de comida decidí entrar a su perfil y ¡sorpresa! me había eliminado. Sentí una presión en el pecho, un calor en los hombros y helada la frente. Mi corazón latió poquito, luego mucho. ¿Por qué me había eliminado? ¿qué le habré hecho?

Me puse triste. Dejé la mitad de mi comida y volví a mi cubículo.

El resto de la tarde, aunque trabajando, no pude pensar en otra cosa. Nunca habíamos hablado, al menos no tanto. De la noche en que lo conocí recuerdo que de manera grupal conversamos sobre caricaturas de los noventa. Sí, ya recordé. Él me había agregado a mí y a todos los que estábamos en la mesa. Me preguntó cómo venía en la red, porque encontrarlo a él entre millones de Josés López era complicado. Le pasé mi Face, luego me mandó solicitud, misma que tardé unas semanas en responder… pero nunca hablamos. Nunca le dio *like* a nada mío y yo, acaso a dos o tres cosas suyas.

Al terminar mi jornada de trabajo me dirigí a la parada de camión. Saqué mi celular. Estaba en disposición de escribirle, de preguntarle si todo estaba bien, de cuestionarle por qué me borró. ¿Habría sido conveniente?

Entré a su perfil, luego a la opción de "Mandarle un mensaje" y entonces se abrió la conversación. Nunca habíamos hablado por *Messenger.*

Me quedé un rato pensando.

No, mejor no. No es necesario. Qué pena.

En eso pasó mi camión, cosa seria porque si no lo agarro al momento se tarda mil años. Metí mi celular al bolsillo sin bloquearlo, le hice la parada y me subí. Estaba llenísimo de gente, como acostumbra a esa hora. Entre empujones me pude acomodar en un recoveco y saqué mi celular. Se había mandado una serie de mensajes sin sentido, de teclas repetidas y números que José, quien se la vivía en su celular, miró apenas le llegaron.

«??????» Me contestó con numerosos signos de interrogación.

«Yo moría de vergüenza».

«Perdón, me equivoqué». Le dije.

«A ok» escribió de vuelta.

¿«A ok»? ¡¿Qué clase de respuesta era esa?! ¡la más cortante, desesperante y mata-conversaciones!

Así se quedó un rato la ventana. Me salí de su conversación, quise ignorarlo. Pero era inminente: El no tener a José López en mi lista de amigos era como si una parte de mí muriera. Cómo su irrelevancia, en sumatoria de la realidad, era importante para mi insignificante vida, más de lo que hubiera pensado. Aún no habíamos hablado y ya lo extrañaba, me dolía perderlo como contacto.

Volví a la ventana.

«Y cómo te ha ido??» Le pregunté.

«bien» Contestó a secas.

Me dolió un poquito más el pecho. El camión daba pronunciadas vueltas, los pasajeros rebotábamos entre nosotros. La respiración pesaba y yo había desarrollado un súper poder para revisar mi teléfono y sostenerme de cualquier barra.

«Me da gusto», le respondí.

Una señora, frente a mí, abandonó su asiento a lo que tomé ese lugar. Me quedé pensando una manera de preguntarle por qué me había borrado, y empecé a deletrear meticulosamente una respuesta en búsqueda de, curiosamente, respuestas. Entonces teclee:

«oye, todo bien? vi que me eliminaste»

Lo borré.

Después reintenté: «oye, te quería decir que se me hizo raro que ya no estoy en tu lista de amigos y quería ver si todo estaba bien"

Lo borré de nuevo. No quería lucir demente. Infame.

«oye, a propósito... me di cuenta de que me eliminaste de tus amigos, te hice algo malo?» escribí, y envié antes de querer suprimirlo de nuevo.

El mensaje llegó. Fue visto.

Y hubo mucho, pero mucho silencio. No en el camión que venía con cumbias a todo volumen, no en la ciudad con sus cláxones, sino en mi celular.

Pasó el rato, me tocó bajarme. Descendí entre empujones. Caminé unas cuadras mientras esperaba respuesta. Veía el celular, lo tenía en la mano. No hubo ninguna. No habría ninguna. Yo y José López nunca fuimos unidos, pero me había familiarizado con él, lo sentía como íntimo y estaría dispuesta a salir y tomarme un café, comentarle que sus memes de gatitos se me hacían tiernos y que me gustaba una foto que había subido en la biblioteca.

Debí haber reaccionado más y mejor. Debí haberlo saludado cada que pudiera. Debí decirle que se veía bien, darle "Me encorazona" a sus logros como cuando terminó la maestría, o se compró un carro. Debí haber puesto "Me entristece" cuando murió su perrita. De ser así, aún seguiría en mi lista de contactos.

Quería que me notara, que estuviera de nuevo entre mis 114 contactos… todo habría sido en vano.

Caminé hasta que llegué a una de las bancas del parque frente a mi casa, me senté y miré al cielo. A escasos metros, un fulano con un paliacate cubriéndole la boca y unas gafas protectoras cortaba el césped con una de esas máquinas que tienen hilos que giran muy rápido.

Había leído (probablemente a través de Facebook) que cuando cortas el pasto, las plantas liberan un mecanismo de defensa, una serie de partículas nocivas que afectan a cualquier ser vivo alrededor: es un llamado de auxilio, un último grito, una venganza suprema.

Empezaron a lagrimear mis ojos, a escurrir mi nariz, luego me dio comezón e irritación de la garganta. ¿Por qué me eliminó José? ¿Qué le habré hecho? Ya no importa, ya no importa más. Prometo que dejará de importarme. Ya no lo necesito en mi vida, debo ser fuerte. El pasto recién podado siempre genera escozor: dolor mudo para la planta cortada, urticaria, lagrimeo, síndrome del miembro fantasma, dolor y abandono para el que pasa.

EL GATO BIBLIONAUTA

En otro tiempo estás. Eres el dueño
de un ámbito cerrado como un sueño.

JORGE LUIS BORGES

Gato negro. Solitario. Sin dueño, sin amo. Rebelde, biblionauta, viandante. Una plaquita sobre un listón que adquirió en alguna otra vida anuncia palabras que el tiempo carcomió, así, borroso, palabras imperceptibles.

Al gato negro, le gusta quedarse en las bibliotecas por la noche. Se coloca entre los estantes y con ligeros golpes retira un par de libros. Hace unos días me pareció ver que se leyó la parte alta del estante de Cultura y Hogar, y algunas revistas sobre ejercicios de meditación, pero hoy encontró algo mejor que hacer… descubrió que al leer cuentos —oh, esos paraísos de ficción— con paciencia y respirando profundo, podía ingresar a otras realidades, moverse en el espacio y tiempo y recorrer otros universos.

Este gato intelectual aprendió que en los libros sus limitaciones corporales no existían y por tanto podía navegar libremente entre las páginas de manera simultánea que sus ojos recorrían los renglones.

El gato estaba feliz, su nueva condición le incitaba a volver todas las noches a la biblioteca y paulatinamente fue olvidando su vida cotidiana para permanecer entre las letras. Leyendo un libro de Lewis Carroll intentó evaporarse y lo logró, luego con Kafka se imaginó a sí mismo convertido en un insecto.

No recuerdo exactamente cuándo llegó, sin embargo, me acostumbré rápido a su presencia; puntual siempre faltando un cuarto para las nueve de la noche, hora en que la biblioteca cerraba. Durante el día, fuera del recinto, el gato la pasaba tumbado en la acera con la panza hacia arriba. Los demás felinos lo invitaban a buscar comida en la basura, pero él les comentaba que ayunar agilizaba la mente y el intelecto. Lo juzgaban de loco, pero lo dejaban ser.

Era común que entre lecturas se encontrara viajando por los confines de Tracia, luego por ahí en la selva Maya, Comala, Macondo, Santa María, Sitakame, Yoknapatawpha y hasta Derry. Todo un explorador, mi colega noctámbulo.

Se había convertido en un singular lector. A veces discutía con varios ratones de biblioteca sobre política, libertad, o la condición humana y animal. Disfrutaba con predilección leer historias fantásticas y fábulas. Pasaba horas y horas devorando libros hasta que el amanecer llegaba y el minino se marchaba quizás a dormir y soñar lo imaginado.

Estoy convencido que el gato encontró su lugar. Anoche me quedé hasta tarde en la biblioteca y lo vi entrar, le ofrecí un poco de leche sabiendo de antemano que no me la aceptaría. Me acompañó a ordenar los libros consultados y dejando todo en orden, me despedí mientras cerraba el lugar.

A la mañana siguiente, lo hallé en el suelo sin un sólo fragmento de vida, solté unas lágrimas y lo sujeté entre mis brazos, luego lo recosté sobre la alfombra: sus ojitos estaban cerrados, su cuerpecillo frío, pero tenía una sonrisa de bienestar. En ese momento me imaginé que ahora estaba en un sitio mejor. Tomé del suelo el libro junto al cual murió y retiré aquel separador de estambre que el felino usaba desde hacía tiempo.

—¿Qué leíste, amiguito mío, para ya no querer volver a tu realidad? —me pregunté al momento en que abría el libro. Al mirar detenidamente la página mi cuerpo se estremeció, suspiré y sorprendido me di cuenta de todo… el gato se había quedado leyendo este cuento que tienes en tus manos.

CALABAZAS EN LA SOMBRA

El universo es un acontecimiento meramente falaz, una ola de rostros y percances, de situaciones frenéticas a las que poco a poco nos vamos acostumbrando, no debo rodear tanto el asunto, mi asunto (o un asunto de dos, mejor dicho). La contingencia de la realidad me dejó atónito, una contingencia súbita que llamo yo Sarahí, debo aceptar que mi relación con ella no rebasaba lo demiurgo del pecado; recorría muchas veces los cientos de cartas que nos repartíamos como dones y jarrones de fruta fresca. Llegué a verla y a pensarla como una rebanada de pastel, de ese pastel trágico que muchas veces yo llamé destino.

Sucedió en una junta de sombras, yo, soberano pendenciero, solitario y deseoso, hostil archivista, ensimismado en mis asuntos ni siquiera la había volteado a ver, estaba pensando en muchas cosas menos en mujeres… Sarahí, apenas recuerdo su nombre y una brecha se abre en mis latidos y el momento me genera una especie de fascinación mental que no termino de comprender. En aquella junta de sombras, ella caminó con un vestido oscuro y me demandó con un roce venenoso, su desbordado escote alcanzó a cortar mi dorso, sentí el fulgor de una laminilla de piel cubierta con capa de tela, desconoceré si lo hizo a propósito, la miré de reojo y algo en ella me llamaba, sabía que el roce de su pecho sería un placebo inédito al que yo estaba siendo arrojado o una especie de religión curiosa a la que me había convertido en un tradicional ritual de iniciación. En aquel instante, quiero referirme, pues, al momento en que cruzamos palabras, comprendí la necesidad abierta de tocarla sin problema, la melodía de la noche me aturdía y yo intercambiaba palabras, agudos menesteres, estúpidos intentos que yo hacía para acercarme a la profundidad de sus latidos.

—¿Por qué me mirás con esa cara? —me había dicho sabiendo que yo duraría un instante en mirarle a los ojos, bastante embobado estaba ya con el roce que demoré en hacer contacto visual.

Sin embargo, cosa similar no hubiera sido su forma de ser, esa forma de existir, ese cuerpo materializado, ese dúo de cerezas al borde de mis latidos, hubiera preferido lentamente que las cosas tuvieran un toque troglodita, sabía que ser tragado por aquella llanura entre sus pechos hubiera sido la perfección concreta, pero debo aceptar que en su nariz hallaba otro placebo y más abajo en sus labios encontraba un deseo impreciso que no alcanzaba si quiera a dibujar.

No se encontraba enamorada de mí, ni siquiera al dar las doce del mediodía en el reloj de nuestra historia.

En un tren al sur ella me había dicho, ya tiempo después de conocernos, que no tenía que lanzarme con rodeos ni a ella ni a su escote, Sarahí comprendía abiertamente mi necesidad de acariciarla, su egoísmo era mínimo y estaba abierta a mi decisión y deseo de querer pasar la lengua a todas horas por su cuello, con o sin güisqui, bajo la playa o en la ternura de su cama, por el borde de su pecho.

Creí pensar que mi lengua era cómplice de mis manos y que Sarahí se dejaba tocar por mera curiosidad o porque el simple hecho de tenerme a sus pies correspondía como tal, una inyección de vida y pureza que no encontraba en otras prácticas. Su falda, fragilísima tira de tela, obnubilaba mi deseo de rodearla con mi pecho frotarme en ella como si fuese un oso con comezón de amor. Comprendí lentamente que, aunque la daga de sus pechos me rasgaba y controlaba, allá abajo había algo que no sería de nadie y que ella no habría de entregarme por ningún trivial momento azaroso. Nos mandábamos correspondencia cuando no coincidíamos ni en tiempo ni espacio, sus cartas me llegaban siempre con fotografías, «acá otra mía para que sueñes bien». A Sarahí le gustaba ser mirada, desconozco si por mí únicamente o si yo representaba apenas un ocaso o una tarde en la madurez de su infalible cuerpo. Y aunque en algún momento, cuando estaba agotado quizá, fumando un cigarrillo y haciendo muecas mentales por pensar en sus piernas rodeadas de medias, llegué a imaginar que era una usanza indiscreta, una necesidad amistosa de ser tocados como fuera, un capricho concreto que giraba el mundo y sus alrededores.

Hicimos el amor una noche de otoño, sus cabellos y algo en ella me fueron a permitir bajar la mano hasta el confín, nos besamos insistentes en un vacío llano, yo estaba abandonado, dos divorcios y medio porque no había mujer cuerda que me tolerara, mi relación con el universo era muy distinto a como la trataba a ella, sabía yo que este juego azaroso de dados y fichas de dominó me estaban diciendo algo, que quizá esta felicidad amatoria y momentánea habría de terminarse, me lo dijo en ese tren al sur; «lo nuestro no funcionaría, terminarías lastimado, y vaya que soy buena yo para todo eso». Jamás le mencioné palabra similar porque comprendía que, fumándome el cigarro desnudo al estilo de caricatura afrancesada, mientras ella buscaba en algún sitio de la alfombra las bragas negras, nuestro placebo mutuo acabaría tarde o temprano. En ese tren, ella me dijo amablemente que los rostros y conversaciones iban y venían, quería creer yo pues que, aunque su pasado ofuscaba su deseo de tocarme también, todo esto correspondía a un presente perfecto en cualquier conjugación, éramos dos personas rayando a lo loco, el contenido de su escote me alocaba y a ella le alocaban las ideas terribles de las cuales era poseso al momento de pasar la palma de mi mano por su pezón izquierdo durante un filme de cualquier director europeo.

—Vos, bobo, deberías descansar un rato, ha sido genial esto.

Yo asentía mientras algo, una revolución estomacal, mariposa o llanto me rodeaba. Sabía que no debía decirle que me gustaba, que se quedase conmigo, que durmiéramos juntos porque era evidente mi deseo certero a ella, era una necesidad demencial la mía de tocar su cuerpo. Pudo haberse comportado como una *snob* occidental al negarse a mis tentares demoníacos para dar paso a una conservaduría terrible y jamás haberme permitido adentrarme al borde de su cadera. «Eso… hacelo de nuevo». ¿Qué cosa? «Pasá de nuevo tu lengua por ahí». ¿Así? «Justo así… se siente bien».

Entonces nos revocábamos a un vacío temible, ella se quedaba escuchando un disco rayado de *lounge* erótico, luego bailaba con mi camisa puesta al ritmo del mismo. Ella negó rotundamente ser *La Maga* cortazariana, su retrato era más similar al de una modelo con un látigo y medias de rombo, su manera de hablar me recordaba a lo que me había dicho otro personaje «Rima con cualquier canción de Max Richter». En cambio ella, la primera vez que peleamos, y que arrojó botellas y zapatos y mis figurines comprados en Cape Town, y que aventó un *Cabernet Sauvignon* en la alfombra, y que me intentó rebanar el brazo con mi cuchillo japonés, reconoció en su furia saberme como un idiota que se cree parte de una novela de Cortázar. Me recriminó, como lo habían hecho todas, el hecho de que era infumable, pendenciero, un *pendejísimo señor sibarita.*

Así como teníamos sexo de manera genuina, a veces su discrepancia era única, en ocasiones ella se quedaba en la cama pasándose su mano lentamente por todo su cuerpo y yo no podía abandonar el sillón, debía conformarme con mirarla en la oscuridad, de imaginar el calibre de sus pechos, la fragilidad de su vulva, sus piernas retorciéndose y sus gemidos penetrándome y rebotando en mi cabeza.

—Tocate vos si querés, pero esta noche es mía y de mí nada más.

Teníamos intimidad con un retoque suave, pasaba codo y apretaba sutilmente su pecho derecho, luego su espalda se acercaba a mi pecho, leía su entrepierna, algo me decían sus medias, algo leía mi índice y no podíamos hablarnos en singular, la anestesia que mencionaba siempre para encender las cosas, era la de su ardiente mencionar de los pulgares, ella, toda ella miraba a las manos como un acto erótico, firmaba contratos con mis labios cada vez que la saludaba… pero yo sabía que esta felicidad momentánea acabaría pronto, sabía que al amanecer ella se subiría a su coche y más tarde se metería a bañar, encriptando no sé en dónde, todo encuentro casual y desborde cíclico que tenía conmigo.

—Cuidate de mí, Bobito. Que yo seré tu perdición, sabés.

Ese "yo", que sonaba a "sho"... aún retumba en mis adentros.

Soñé por noches enteras el tamaño de sus pezones, pero la realidad habría de decirme otra cosa, ella querría a muchos otros, si bien no simultáneamente, su corazón habría de encontrarse y reflejarse en el otro, aunque deseara estar más en su cuerpo que en el mío, cada una de esas veces habría de llamarme, de mencionarme que ese grial que era su sudor, no habría de ser bebido por mí en un futuro cercano, haberle llorado a eso habría sido casi tonto como llorarle al no permitirme tocarla, sabía que muy en el fondo de mi deseo bestial de poseerla, o mi deseo pedante de casarme con ella de blanco, en una playa mexicana, una parte de mí añoraría el sentir infamemente sus pechos y tener tan cerca su corazón pero no poder escuchar su latido, comprender también que aunque mi sangre en todo mi ser, aunque intimáramos de manera genuina y alocada en comparación con mis frígidas ex parejas, el furor de mi sangre y la suya no habrían de decirnos otra cosa que no fuera que no somos absolutamente nada.

Yo la quería, irremediablemente, no sé si llamarle amor a su manera de hablarme y fijarse en mí e incluso de colocar uno de sus frutos en mi palma que emulaba forma de cazuela, yo la quería y la apreciaba más allá del sexo, más cercano a la forma de su nariz y lo bien que olía cuando nos encontrábamos en un mall, la quería más allá de tanta foto de su cuerpo desnudo. Aunque me permitiera palpar cada parte de sí y aunque le gustara que le hablase sucio, una parte de ella me llamaba, me pedía cariño, al menos eso yo quería suponer, Sarahí me quería a su manera, una manera disgregada y única como mi relación con ella; sabía yo que ella estaba con otro, y con otro y otro y otros, ella creía por igual que yo habría de andar con otras, casi me rogaba que lo hiciera, que un tipo tan excéntrico y pretencioso y creído, y opulento, y erudito, y pendejo como yo, debería tener una *femme fatale*, una actriz japonesa, una crítica de arte estudiada en colegio católico, una dominatrix de Europa del este. Me decía que buscara en el clasificado, que buscase una *sugar baby*, que alquilara a una escort carísima. Si tan solo le contara que una sola vez, meses posteriores a mi primer divorcio, solicité los servicios de una damísima de compañía que encontré en una página de internet, y que eso fue sin lugar a dudas uno de los momentos más humillantes de mi vida: yo le contaba a la fulana lo mucho que extrañaba a mi ex esposa, luego lloré, y al final no pude sostener la erección. La mujer no me quitó su cara de pena ajena y por pura vergüenza le terminé pagando triple… y jamás volví a requerir o siquiera imaginar ese tipo de exigencias.

Sarahí desconocía el hecho de que nadie me aguantaba, de que nadie me quería, de que estaba solo, solitario y vacío… sabía que en el fondo su intento por no lastimarme sería causa y motivo lineal de una lastimera realidad enfermiza, que a pesar de que rayase a lo sexual con infamia, a pesar de volverse un círculo vicioso mi añoranza por su aroma femenino, a pesar de tan disertada complicidad e insistencia de ser amigos con derechos, o relación abierta, o esas fruslerías de los hippies, todo esto me gustaba, lo disfrutaba y cada encuentro casual, he de repetirlo, era un capricho concreto que giraba el mundo y sus alrededores.

Yo terminaré solo, y quizás me casque un tiro, y no dejaré descendencia. Pero en ese desenlace fatal, me alivia pensar que un tipo tan intratable como yo, tan inmerecedor de algo especial como el amor, la tuvo, un poquito, un poquitito, y que nuestra relación ocurrió con tal sutileza y madurez cuya emulación podía ser comparada únicamente con dos calabazas maduras que se aman en las sombras de octubre.

PÁGINAS FINALES DE UNA LIBRETA DE UNA ALUMNA DE PREPA

In memoriam, Nadia Medina

Hola querido diario, ya sé, ya sé, no me he pasado por aquí desde hace ya tiempo, y pues razones tengo, demasiado estudio y demasiadas complicaciones.

¿Por dónde empezar?, bueno, ¿te recuerdas de Efrén? sí, sí, ese mismo, mi primer amor, bueno no el primero, sino el único, bueno tampoco el único, ¡cielos, estoy diciendo demasiado la palabra "bueno"!, el caso es que ha cambiado mucho, demasiado, lo extraño, lo seguiré extrañando sobre todo porque sólo con él me llegué a sentir bien, ¿ya te acordaste?

Pues resulta que el otro día (no digo cuándo) saliendo de la escuela, decidí ir a la frutería por un mango o una pera, y me topé a la mamá de Efrén, y me vio, le dio gusto verme, me contó de él, ¡uff!, ¡demonios!, necesito vacaciones, lo sigo extrañando y mucho, es raro, sabes, bueno (debo de dejar de decir "bueno"), mejor dicho; creo que si bien mi alma está completamente rebuscada y sonsa, algo dentro, muy dentro de mí me hace seguir extrañándolo, lo veo a veces tan feliz en las fotos que le manda a mi primo (que por cierto es muy amigo de Efrén, ya te lo dije hace unas páginas). Cada vez estrenando novia distinta y ¡me dan celos!... creo que me ando saliendo del tema, bueno el caso es que la señora me dijo que irían en vacaciones a visitarlo allá, del otro lado del país (bueno, exagero, está solo a 2 horas en vuelo) y claro, me invitó. Por supuesto que mi mamá no me permite ir a otro lado, menos mi papá. Les tuve que inventar que representaría a mi comunidad en un congreso de ministerios de nuestra iglesia (Lo sé, lo sé, es patético, pero no se me ocurrió más, además de que mentira no era).

Hice mi maleta para tres días y me llevé mis mejores fachas, es como competir con la bola de santurronas y mosquitas muertas que lo pretenden, pero bueno, aunque quiera negarlo, una parte de mí las admira por lograr cautivarlo, yo creo que me ha dejado olvidada. Llegamos a su ciudad en avión (Muy grande por cierto y muy grande el aeropuerto y la ciudad, me falta mundo) y nos recogió su tía con la que se está quedando.

Nos fuimos a su casa y él no apareció, pero yo no pregunté dónde o con quién estaba, al menos no hasta la hora de la comida, cuando le pregunté a la tía Begoña sobre Efrén (Su tía tiene nombre feo, ya lo sé, pero es hermosa, delgada, piel clara y suave, cabellera oscura, ojos miel, preciosa, fácil entra el en top 10 de mujeres más hermosas que he visto) ella me dijo que Efrén se fue con su novia a un día de campo, (¡¿Qué?!) así que pues triste y escuálida me fui al baño a llorar y afirmar que todo esto *fue en vano... en la noche regresó y me vio y dijo "Hola" y yo, como soy buena, buenísima para aparentar, mostré entero desinterés, incluso indiferencia.*

Más noche me invitó a salir (En serio que le gusta hacerme sufrir) y nos fuimos a caminar, no me gusta caminar, no en otra ciudad, su ciudad es muy grande, fea, contaminada, tiene basura y chicles tirados, pero bueno, ¡es Efrén! me acuerdo cuando me regaló un osito panda, tan tierno... pero ¡rayos!, tangente, tangente.

Salimos a caminar y entonces hacía mucho calor, y el muy patán se atreve a decirme que me ama, que de haber sabido que venía me habría preparado alguna sorpresa, ¡¿puedes creerlo?! ¡Su nivel de descaro y perfección! Dudosamente recordaba mi nombre, había cambiado mucho, pero aún daba un aire del chico que amo, el que he amado desde hace tiempo; su cuerpo es más musculoso, y estaba ahí, entre el parque, con el mundo de testigo ¡diciéndome que aún me ama!

¡Qué idiota! y luego el muy infeliz me besa. Me agarró vulnerable y falta de amor. Después se tomó una foto conmigo.

Claro que no le regresé una cachetada por que se sintió bien, necesitaba sus labios... vaya que necesitaba sus labios.

A la mañana siguiente nos fuimos al servicio, y no estaba Efrén, le pregunté a la tía y me dijo que se fue con la novia de nuevo, qué horror, por la noche regresó y me trajo flores, ¡Y el maldito le puso dedicatoria! y por si fuera poco me besa de nuevo, esa noche me dijo que iría por mí, allá a mi pueblo, que me traería y le pediría permiso al pastor para casarnos, nos mudaríamos juntos, yo podría dedicarme a la pintura y el teatro y el servicio a Dios, y él de ingeniero o arquitecto o doctor...

***

Nos encaminó al aeropuerto, llegamos con bien.

***

LO AMO LO AMO LO AMO LO AMO, gracias Efrén, tú y yo por siempre.

***

Tres meses seguí recibiendo las fotos de Efrén y su novia dominical (Bueno yo no, mi primo) y nunca más me volvió a hablar, en sus redes y foros nunca contesta, no quiere contestar, subió en algún momento nuestra foto, pero al rato la sustituyó por la novia en turno.

***

Crecer es doloroso, hoy mi profe nos dijo que crecer es doloro, y que la vida hará lo posible por quitarnos el asombro... pero que mientras más pronto sepamos quiénes somos, más difícil será para el enemigo o el adversario tumbarnos... nos dijo que nos busquemos, que nos relacionemos con nosotros mismos, que reflexionemos quiénes somos, nos contó mi profe que a mi edad sentía que vivía por inercia... hasta que decidió tomar las riendas de su vida... nos contó que...

***

Hola, diario. Mucho tiempo, ¿no? Demasiadísimo... te he releído y he llorado y reído.

Han pasado desde entonces un par de años, hoy vino Alberto, él siempre tan ocupado en mí, me trae flores, me ayuda con las tareas, es caballeroso, me da la mano y me abre las puertas, me deja hablar siempre, aunque no tengo mucho que hablar. Trata bien a mi familia y a la suya y toca muy bien la guitarra durante las alabanzas... pero lástima, sigo en espera de Efrén, quien sin embargo ya está apartado para la hija del pastor, hoy andaba desempolvando mi desván, ahí donde guardaba mis cosas, y te encontré querido Diario...

Te encontré y pienso en que algún día abandonaré estas bobadas de niña enamorada, pero entonces me acuerdo de Efrén... igual nunca llegará Efrén... igual y...

El aeropuerto está en carretera federal

a Ángel Colín

"well, I'm so lonely, baby
I get so lonely, I could die"
ELVIS PRESLEY

1.- GÉNESIS

Tenía diecinueve, se llamaba Oyuki por una tía, quien a su vez se llamaba así por una telenovela. Desertó casi al segundo año en artes escénicas (aunque actuaba bien). Empezó a trabajar, no por necesidad sino por aburrimiento, en un museo y fue escalando; primero fue edecán, luego recepción, luego guía. Soñaba con terminar en la gerencia. Era un poco cleptómana, con suvenires del museo, sobre todo. Cosas inocentes, cosas que nadie echaría de menos: una pluma, un libro, un cheque, la ubicuidad, el desierto, el pasado.

Se llamaba Oyuki, pero para mí era "La Rabdomante". Rara vez salía, rara vez iba a cotorreos. Oyuki. Piel caliza, aperlada, más ámbar y más trigo que cualquiera de su familia. Cabello negro que se pintó rojo y terminó envinado. Delgada con zonas blandas; Oyuki, apréndetelo bien; aunque su nombre haga que la lengua emprenda un aplanado de viento al borde del paladar; O-yu-ki, ella era para mí la Rabdomante, así, completo… apréndetelo, yo nunca lo pude olvidar.

Yo tengo veintiocho, soy un percusionista. Fracasado. Nacido en la Guayulera, allá en Saltiyork. Había llegado a Mmmterrey desde hacía un tiempo, según yo para tramitar la visa que nunca me dieron.

Estudié crítica y teoría del arte, cosas que jamás ejercí. Iba por las arterias principales con mi ropa mal planchada, la suela de mi zapato queriéndole dar mordiscos a la banqueta. Un caos, para variar.

Había tenido, aunque panza chelera y lunares de calvicie en la mollera, cantidad de novias y amantes. «Self cónfidens, bro», le decía a mi compa Lalo, «Self cónfidens y saber bailar, con eso la libras».

A las doce a eme, yo estaba como idiota con los lentes de sol puestos, ahí en el bar, pisteando dos equis en el Shack Mall. Nido posmo.

Había tenido cantidad de novias y amantes, muchas de ellas amor de una noche, personas de las que me olvidaba al día siguiente, personas a las que odiaba luego de un tiempo, pero a ninguna había amado de la forma ingenua, retorcida, fugaz, trascendente, única, como la amé a ella. Siempre resulté ser medio egoísta. No hablaba con mi familia desde hacía años ni aspiraba a volver a verlos. Era de las personas que olvidaban el nombre de la persona con quien dormía. Ganaba poco trabajando de mesero y eso poco me lo gastaba sólo en mí.

Ni el más potente desodorante en lata, ni la más exclusiva colonia me quitaban ese olor a tabaco y sudor. Antes de la Rabdomante, fui una persona tóxica.

Estaba solo, nena, tan solo que pude haber muerto.

2.- DE NOSOTROS, NI HABLAR

En Mmmterrey laberíntico todo puede suceder. Es como si estuviéramos de alguna manera más allá de lo físico, encerrados, amurallados entre cerros. Por eso es muy importante subrayar la foto en la que salimos bailando la Rabdomante y yo. Esto lo cuenta (y me ataco de risa por cómo lo hace) Lalo. La foto nos la tomó una amiga de él:

> *"Fig. 1.- Bar de Morelos; parranda improvisada; lunes, 20:00; sabemos que Oyuki, a quien Catafito apoda "La Rabdomante", minutos antes de esa foto, estaba sentada en la barra con los brazos de un monigote (que no era Catafito) alrededor de su hombro. Catafito estaba tomando una aborigen y fumando como chacuaco, agarrando cotorreo con otros compas en la mesa del frente. Nadie sabe cómo terminaron los dos en la pista, bailando techno-comercial-farruko (raro en Catafito, que nunca bailaba). Se miran muy sonrientes los dos, agarrados de la mano. Alguien pregunta "¿son novios?", la fotografía misma pregunta '¿son novios?', ninguno de los dos responde. Si esa noche Oyuki no duerme con Catafito, él se irá al hotel Heartbreaker, a huevo."*

¿Por qué es importante subrayar la foto? Porque esa fue la primera vez que salimos, la primera noche que empezamos a platicar. Esta foto es importante, pero no la tengo, sólo la vi una vez en un álbum virtual del face de la amiga de Lalo.

En el museo donde jalaba Oyuki había una exposición con objetos —originales y avalados por notario— de Bob Dylan, un par de fotos, una corbata (¿usa corbatas?), algunos discos autografiados.

Vaya, pareciera que lo daban por muerto, porque una exposición de objetos de una persona presupone que ésta ya está muerta ¿no?, pero sólo los entendidos iban y valoraban las piezas. Ya te imaginarás el tipo de banda que asistió; puro rockerillo. Proyectaron una peli (nomás porque Dylan era banda sonora) que se acabó como a las siete y cacho, luego la Fuenteovejuna sugirió irse a pistear, aunque fuera lunes. La Rabdomante era amiga de un amigo de un compa de un primo de Lalo; me conocía de vista, le inspiraba confianza. Si me veía por la calle me sonreía y yo le sonreía. Esa noche, justo cuando ya todos nos dirigíamos al bar, ella me agarró fuerte de la muñeca: —«yo te sigo»—dijo—...«a donde vayas»— creí escuchar.

Fue mágico, neta, mágico. En ese instante, algo en medio de este corpulento monumento norestense, latió, germinó, algo así.

3.- RÁNDOM TOUGS ABAUD LA RABDOMANTE

Tengo un trip bien denso con aquello de la Rabdomante. La fui queriendo poco a poco y decir que por ella limpié mi departamento ya es decir suficiente. Limpiarlo a fondo, desempolvar la alfombra, doblar la ropa, acomodar los trastes. La primera noche que estuvimos juntos le puse de apodo "la Rabdomante" por su eficaz don de hallar tesoros y vida en sitios inhóspitos, como en mi cuerpo mismo. La palabra la había escuchado en un documental o algo así en la tele, era una palabra similar a "rimbombante", a ella nunca le molestó que le dijera así, enterito, completito: eres mi Rabdomante.

Con ninguna otra persona me sentí tan importante y a ninguna otra quise proteger como a ella. Verla dormida, rayando al ronquido, ver su flequillo imperfecto. Mirar sus pequeños senos esparcidos en el campo de batalla. Me quedaba un largo tiempo viéndola y no podía dormir. Temblaba por la sola posibilidad de perderla, indudablemente ella había conseguido sacar lo mejor de mí. Compartíamos un six de Tecate, un sax de una vieja compilación que compré en remate allá en

Micsóp & sex, luego ella se quedaba dormida y yo me quedaba viéndola hasta que amanecía y abrían la tiendita y le compraba un yogur.

Cuando regresaba, ella se estaba metiendo a bañar, salía desnuda, me propinaba un beso escueto, se vestía con el cabello aún mojado, la encaminaba a la esquina donde pasaba el único camión que entraba a la colonia, y se iba. Yo regresaba a casa exhausto... en dos ocasiones, el colchón aún poseía su humedad, el colchón: aún poesía... su humedad. No es un *typo*, lo juro.

4.- LAS NOCHES

La Rabdomante no era mía, creo que jamás lo fue, ni siquiera las noches que compartió conmigo. En una de esas dejó su vestido dentro de una bolsa negra, lo lavé y le puse suavizante, no lo volvió a recoger. Hasta la fecha pienso que lo hizo a modo de bandera: una forma extraña de marcar territorio y abandonarlo, dejando la incertidumbre y posibilidad, a la vez, de volver un día y reclamar lo suyo. Le ha fallado, porque su misteriosa desaparición de mi vida dejó un vacío tremendo. He intentado seguirle la pista, preguntar a todos los posibles conocidos en común su domicilio, algún teléfono de casa, respuesta sobre su paradero, nadie me ha podido responder. No me he cansado de marcar a su celular, pero está infinitamente apagado ¿se lo habrán robado? ¿lo habrá arrojado desde el puente amarillo hacia el río con todas sus fuerzas? ¿lo habrá apagado voluntariamente?

La Rabdomante vino conmigo una noche a los bares más malamuerte de Mmmterrey. Como no había (ni parecía haber) formalidad entre nosotros, me limitaba a picharle una guama y la veía recorrer el sitio como un cachorro adoptado corriendo libre en el enorme patio de una familia de animalistas privilegiados en San Pete. La única condición que le di es que conociese y se enamorase de quien fuese, venía conmigo, así, tal cual, y que no abandonaría el sitio con otra persona que no fuera yo; al principio me pareció retorcida la propuesta que yo mismo articulé, a ella le molestó y en dos o más ocasiones creo que me odió a más no poder; una noche nos corrieron del sitio y un barbón se la quería llevar, estaba borrachísima pero yo le dije que venía conmigo (en mi vida creí decir eso de una persona, aceptar que me importaba tanto como para pelearme en medio de la calle con un malandro de mi calaña con tal de no dejarla entrar a la cueva del león).

Y aunque se entregase bucalmente a otros fachosos, incluso mujeres, el taxi y la noche lo compartía conmigo. Supe que me había enamorado cuando lavé las sábanas y trapeé el suelo (no recordaba el color original del azulejo). Y en esa etapa de compromiso, no sé si real, la Rabdomante hizo que brotaran ríos entre mi yo tan agrietado.

Esa semana en que salimos, Lalo se fue a Saint Louis, así que yo me pasé los cotorreos solo, acabándome una cajetilla de rojos sobre un balde mientras la Rabdomante se sentaba en la mesa de al lado, junto con un titán y una chava con rostro perruno.

Una vez, falta de pretendientes o colegas que le comprasen la segunda ronda, quizás, se acercó a mí, me dejó acariciarle la pierna que presumía haberse depilado exquisitamente. Esa noche fue significativa, me confesó su soledad, sus problemas con el fisco y las sospechas de los auditores; me confesó también su deseo de viajar a las playas del oeste y perderse en sus arenas, me comentó que creía ferviente y devotamente en la nada, y que no tenía aspiración alguna en su vida... yo sabía que estaba mintiendo, así como sabía que no usaba ropa interior. Nos quedamos viendo las estrellas. La Rabdomante conocía todas las constelaciones y me decía, ojos brillosos, que se iba a tatuar el cinturón de Orión en la espalda, yo no sabía mucho de líneas en el firmamento, pero no tuve cara para decirle que en su espalda tres lunares ya conformaban esa empresa y que ese tatuaje sería redundancia en su máxima expresión. Tampoco pude decirle que en su espalda había miles de constelaciones, ni pude decirle que en verdad la amaba, no desear, la amaba.

La Rabdomante no consumía carne, sólo sus derivados; su platillo favorito era unas cosas llamadas ´falafel´, de ahí mi comprensión de la mística que rodeaba a esa mujer. En las veces que salimos, contrastaban mis filetes con sus hierbas finas. Mi taco pirata y su papa asada. Quesadillas, corazón, versus arrachera.

Fue en la última noche que hablé con ella cuando intuí una separación inminente. Tenía dos días sin reportarse y como no nos pusimos de acuerdo, no salí. Marqué extrañado a su cel y nadie contestaba. Una amiga en común, con una sonrisa me proporcionó su número de casa, digité los números, suspiré, sonó la línea y luego respondió, no sé si su madre o su hermana;

—¿Está Oyuki?

—Sí… ¿quién la busca?

—Andrés, Andrés Catafito.

La mujer al otro lado del teléfono titubeó, luego dijo en voz baja "teléfono", y volví a escuchar la voz de la Rabdomante. Sollozaba, le pregunté si estaba bien (qué pendejo, claro que no estaba bien), y me dijo que la vida era complicada y que entendió que jamás sería actriz. Demasiado ambiguo, incluso abstracto, para mí, que me había limitado a responderle: nena, tú puedes ser lo que quieras ser.

Comenzó a reír más por costumbre que por buen humor o quizás pensaba que yo era un imbécil, o quizás estaba extrañada de que sonó su celular en un buen o mal momento. Le pregunté si la vería, me dijo que sí, que mañana me hablaría, entonces creo que la otra mujer entró al cuarto porque le dijo muy fuerte "¡Ya…!" seguido de un "me tengo que ir, Catafito, mañana te hablo." y luego colgó.

Qué mal plan.

5.- RABDOMANCIA

Van casi tres meses en que dejé de hablar con ella. Y tres meses menos un día en que escribí esta especie de diario (que releo, es un asco). De sobra tengo que decir que hoy retomo este capítulo, no soy escritor, soy un percusionista fracasado, pero debo decir que esta es la única manera de inmortalizarla. Me lo recomendó Lalo que ahorita anda jalando en Saint Louis, allá se quedó, pero hablamos seguido por cel.

Me dijo que uno de sus compas (Lalo es esos que conocen a todo el mundo) está buscando urgentemente a un baterista para una banda de rock industrial porque el original se fracturó los dos brazos al caerse de una moto. Me dice que en dos días comienzan una gira desde DF hasta Hermosillo. Yo he comenzado un ahorradito, algunos billetes que me garantizarán unas semanas de viaje en lo que decido qué sigue en mi vida. Debo aceptar que la desaparición de la Rabdomante me ha dejado un vacío tremendo y que no hay noche en que no me acuerde de ella. Por supuesto no me habló al día siguiente, ni me ha vuelto a buscar.

Tengo muchas hipótesis que se multiplican cada día que pasa. Ya quitaron la exposición de Bob Dylan y la nueva guía no tiene experiencia ni pinta de saber un carajo sobre el arte o el rock.

En algunos escenarios veo a la Rabdomante internada por haber planeado algún suicidio por empastillamiento y a su madre guardando su celular celosamente e impidiéndole volver a ver al mundo. Me la imagino contestándole mecánicamente frases vacías a su psiquiatra. Esnifando ilusiones deploradas, perdiéndose en el blanco de los muros. Hay otros escenarios menos turbios: la Rabdomante recuperándose de algo, algo incierto, montando un caballo en alguna población recóndita, vestida de blanco, alejada de todos estos aparatejos cancerígenos, una especie de retiro espiritual (aunque sea fiel y devota a la nada).

En otro escenario, la veo con un nombre falso, viviendo en Houston: Maggie Catafito, dizque tamaulipeca, y dizque socialité, gastando una fortuna que sustrajo de su anterior empleo y dedicándose de lleno a la estafa. Quizás no ha encontrado la manera de contactarme porque ya tiene rato que perdí mi celular anterior y el nuevo número lo tiene sólo Lalo. Tal vez no puede venir a mí porque no recuerda exactamente dónde vivo... *keep dreaming, cowboy, keep dreaming.*

En el mejor de los escenarios, se ha marchado a una playa del oeste y está recorriendo la zona con un traje de baño rosa; me está esperando, está buscando tesoros con una vara y ya ha encontrado tres o cuatro hasta ahora (en ese escenario vamos de la mano y nos perdemos en la playa).

6.- EPÍLOGO

Iba a tomar un taxi hacia el aeropuerto, me quería cobrar muchísimo y no estoy para lujos. Lo idóneo es que tome un camión y luego camine un par de kilómetros, así le hacen muchos, así se la juegan. La otra es que pida aventón, igual y un alma caritativa me deja cerca de esos rumbos. Tengo suficiente dinero, pero como nunca he viajado en avión, no sé qué tengo que hacer. Aún no me decido si viajaré a la capital a suplir al compa baterista, o si me iré a la playa y caminaré a la costa esperando encontrar a la Rabdomante tomándose un daiquiri y comiéndose esa cosa extraña que se llama falafel.

De todas formas, en cuanto acabe de escribir esto, agarraré un Ruta 111 y luego caminaré chingos de pasos por un ladito de la carretera, entre hoteles lujosos y locales caros, así, sin inmutarme, viendo cómo pasan los carros en friega y aterrizan los aviones.

Si algún día llego a la terminal, si alguna vez vuelve a mi vida, espero que lea esto y que sepa que lo primero que puse en mi maleta ha sido su vestido color rosa —aún con el aroma de su cuerpo— y que si no la vuelvo a ver estaré solo, nena, tan solo que podría morir.

UNO ES EL NÚMERO MÍNIMO DE PERSONAS PARA HACER UN DUETO

A S. Montserrat

Sigues pareciendo la chica más triste de la ciudad.

ISMAEL SERRANO

—Carlos, me dieron la beca. ¡Me voy a ir a Francia tres años! —dijo, y sé que estaba implícito que lo nuestro iba a terminar. Dolió, no quise que doliera.

Siempre fue el doble de buena, pues se esforzaba más de lo normal, y desde que salimos de la escuela de música, ella siguió picando piedra, se disciplinó como violista y se convirtió en la mejor del rumbo. También ayudó que su papá fuera intendente en el Conservatorio, le ofrecían becas nada despreciables y por supuesto podía acceder a un estatus más arriba que el mío. Ese mes empecé a trabajar en la maquila, nos habían desalojado a mamá y a mí y nos mudamos a la periferia de Apodaca. Su seguro ya no cubría el cáncer avanzado y los pocos ahorros que nos quedaban se fueron gastando en medicinas alternativas y luego en el funeral. Empeñé uno de mis violines, un micrófono y dos amplificadores, y vendí un par de artículos para poder darle algo a mi novia.

Montse tuvo una fiesta de despedida con los amigos de la orquesta, misma a la que no pude acudir porque me habían doblado el turno, pero sí pude asistir a la cena con sus papás. Le obsequié aquel collar con la clave de sol chapada en oro que compré en una joyería de Nuevo Sur. Le encantó, pero al terminar la velada, justo cuando yo pedía mi taxi, me dijo que no era necesario. Que lo devolviera o vendiera. Que entendía que mi situación era un poco más precaria. Me lo regresó.

Al día siguiente trabajé turno completo. Cuando salí y prendí el teléfono vi sus fotos en el aeropuerto, despidiéndose de su familia. Se veía contenta, plena. El mirarla así hizo que ignorara el hecho de que a mí me había dicho que se iba entre semana para que yo pudiera acompañarla. Me atinaba a decir que los cambios de último minuto ocurrían todo el tiempo, pero sé que ese vuelo lo compró desde mucho antes. Así que supe que era el fin. Estaba vacío, creo que a partir de ese momento me encontraba imposibilitado a sentir de nuevo, ya no dolía. Montse ya no me dolía.

—¡Abre Tinder! —dijo Salomón— ahí salen morras guapas, capaz y te encuentras a una. Estás joven, eres músico. Seguro encuentras algo.

Le dije que lo pensaría.

El día de mi descanso en la maquila iba a tocar en un hotel, pero me canceló Ovidio. Habían conseguido otra violinista, así que me quedé en casa practicando. Me puse a ver películas y entonces surgió el interés de revisar el perfil de Montse. Me había eliminado de sus amigos. No dije nada, me sentí infinitamente vacío. Abrí Tinder.

Durante las semanas consecuentes no hubo novedad alguna. Intercambié palabras con dos chicas, pero nada significativo. Daba *slide* a la derecha a cualquier persona, hasta que se agotaban los "Me gusta" y al siguiente repetía la rutina. Una mañana, cuando en París era de tarde, le envié unos mensajes a Montse.

Espero que te la estés pasando de maravilla.

Nada más hubo una palomita de enviado.

Me di cuenta de que su familia también me había suprimido de su lista de amigos, y poco a poco los recuerdos se fueron difuminando como una melodía que retorna al silencio. Montse estuvo dos o tres noches en que mamá agonizaba, Montse estuvo, a regañadientes, en la boda de mi maestro Raúl Iván, Montse fue un pellejito al borde de la uña que no me quería arrancar.

Llegó el viernes. Nos avisaron que por la inundación en la empresa se cancelaban las operaciones el resto de la tarde, lo avisaron en el grupo del turno. Faltaba una semana para el pago y me encontraba en números rojos. Después de medio año de que se fue Montse, después de haberme casado con la rutina de la monotonía laboral, deseé con infinitas ganas encontrar algo, algo que rompiera con ese tedio y desasosiego.

Le pregunté a los pocos amigos que me quedaban si había alguna reunión, alguna tocada, cualquier cosa, pero nadie respondió. Faltando quince para las ocho de la tarde, cuando me resignaba a ver un maratón de *Misterios apabullantes*, un par de mensajes sonaron en mi celular. Era una notificación de Tinder.

¡Tienes un nuevo match!

Marijó te ha enviado un mensaje.

Abrí la aplicación. Me fui directo a los mensajes y, ahí estaba ese perfil. Una muchacha bien, rubia, de tez clarísima, un par de lunares como constelación en su mejilla izquierda. En una de sus fotos presumía a sus espaldas la mismísima Torre Eiffel. En otras, de bikini, posando para la cámara sobre una playa de arenas blancas.

¡Hola! Me gustó mucho lo que pusiste en tu descripción.

¡¡Te tengo una oferta!!

...

¡Pero solo aplica en los próximos 30 minutos!

Debe ser una broma, pensé. Este tipo de personas no se relaciona con gente como yo.

¡Hola! gracias por el match.

¿En qué consiste la oferta?

Tengo ánimos para unos drinks, yo te invito.

Pero sólo si llegas en menos de 30 minutos...

Vivo un poco lejos, pero va.

Marijó estaba en un bar de Zona Tec. Me dijo que el tiempo corría. ¿Por qué no?, me dije. Este tipo de cosas, ya lo mencioné, no suceden en la vida real. No le pasan a un músico infame, como yo. Junté monedillas y un billete para emergencias y pedí un taxi. Treinta minutos, en Zona Tec, y en viernes por la tarde era una empresa imposible, hice cosa de treinta y cinco. Marijó me decía que el tiempo corría, pero le comenté que vivía algo retirado, que me esperara.

Cuando llegué, predispuesto a que sería una broma, una estafa, o una farsa, entré al lugar. En uno de los taburetes, al fondo, estaba sentada la chica de las fotos. Tan bella como en su perfil. Sonriente. Estaba botaneando papas fritas y tenía una cerveza oscura. Me acerqué a ella y le sonreí.

—¿Aún aplica la oferta? —dije, sintiéndome patético por dudar.

—Sí, porque vienes de bien lejos, Charly.

Me pidió que ordenara lo que quisiera. El mesero me trajo la carta y le ordené una cerveza como la suya.

—Estaba un noventa por ciento seguro de que esto sería una broma.

Ella rio.

Nos pusimos a platicar, me dijo que le llamó mucho la atención mi perfil, que le pareció curiosa y graciosa mi descripción. Yo tenía un texto algo mamador, donde alardeaba de que tocaba el violín, y remataba con un chiste que ahora no recuerdo. Tenía dos fotos, una tocando y la otra cargando al perrito de Montse.

Me pidió que le contara de música, que le explicara la diferencia entre los botoncitos de un piano. El material que se unta a las cerdas del violín. El para qué sirve el bajo y otras minucias de mi oficio. Me sentí escuchado, pero cuando yo le preguntaba cualquier cosa de ella, cambiaba el tema o redirigía la charla hacia mí. Ella me dijo, con timidez, que había estado en Viena y había ido a conciertos en las grandes ciudades del mundo, pero que no era tan fanática de la música clásica, lo que ella prefería era el pop en inglés. Puso cara de *what* cuando le hablé del metal sinfónico, o de la nueva trova, o del rock en tu idioma. Al par de tres horas, pidió la cuenta, la pagó con su tarjeta de crédito. Yo por educación dejé unas monedas en la mesa. Tronó los labios.

—Me caes muy bien, Charly.

Me dijo que le había dado hambre y que conocía un lugar muy rico de cortes en el casco urbano de San Pedro, insistió que ella invitaba. Nos subimos a su coche, un bonito BMW oscuro de la serie 3 y en un parpadeo ya estábamos en uno de esos sitios gentrificados donde en otro universo paralelo armonizaba la velada tocando algún bolero. Llegamos al sitio, el mesero la saludó con aprecio, ella me presentó como un buen amigo. Ordenó una parrillada gourmet y una botella de vino. Seguimos platicando, ahora habló un poco más de sí, de sus viajes por las Europas. No pude evitar pensar en Montse y se lo hice saber. Sé que es nefasto hablar de las relaciones pasadas en una cita, ¿esto era una cita?

Le platiqué mi drama y ella escuchó atenta. Cuando le contaba la manera en que se fue, ella decía, con su tono de niña fresa: "¡No inventes!".

A pocos minutos de la medianoche, Marijó pidió la cuenta y me dijo que si la acompañaba a su casa. Que tenía ganas de seguir la velada allí, que quería aprender más de música y de mi vida. Y no, seguía sin creerlo, estas cosas no ocurren en la vida real.

Manejamos en carretera rumbo al sur, cerca de Valle Alto, a las faldas de la cordillera, en ese sitio en el que nunca había estado, y que solamente veía desde la facultad. Afín a su opulencia.

Llegamos a su residencial. Estacionó su coche y caminamos por el costado de su enorme casona, nos dirigimos a una palapa en un patio que tenía el mismo tamaño del parque cerca de mi casa.

Se acercó, quien creo, era su empleada doméstica, una joven ordinaria a quien apostaría haberme topado múltiples veces en el metro o en los camiones, y Marijó le pidió unas bebidas preparadas. Le pregunté si podía fumar y me dijo que por supuesto. Me pidió uno de mis Pall Mall azules. Y entonces, en la oscuridad de la cordillera, le dije que soltara la sopa.

—Marijó.

—¿Sí, Charly?

—Ya, dime.

—¿Qué cosa?

—¿Por qué?

—¿Por qué, qué?

—¿Por qué esto?

Puso un rostro dubitativo, luego una sonrisa whitexicana.

—Explícate.

—Eres una chica guapa, tienes todo el dinero del mundo. Y aquí estoy, yo, un músico fracasado, tomando una bebida preparada, en tu palapa, en tu castillo.

Marijó rio.

—Menso.

—¿Qué?

—Sabía que me ibas a preguntar —pidió otro cigarro. Sonrió—, es una larga, larga historia.

—Cuéntamela.

—¿Seguro?

—Sí.

Me dijo que hacía dos meses se iba a casar. La boda soñada que venía planeando desde hacía casi dos años. Su matrimonio deseado, con el amor de su vida, Johan Raúl. Su novio desde la prepa, su confidente, su amigo, su todo. No pude evitar pensar en Montse, con quien anduve toda mi carrera.

Semanas antes de sus nupcias, Marijó se fue a Cancún con sus mejores amigas en un viaje de despedida de soltera. La primera noche, en barra libre, Suzette, una de sus *beffies*, le mencionó que Diana Luisa no estaba siendo honesta. Marijó la ignoró, pero una semilla ya estaba plantada dentro de sí.

En el tercer día, en otra barra libre y después de turistear por el malecón, Marijó le pidió su teléfono a Diana Luisa, su prima. Ella se rehusó. "¡Me urge, ocupo hacer una llamada!" a lo que Alondra se lo ofreció.

Fue durante la noche, ya todas en la suite, que, tras tomar y tomar mojitos, como buenas chicas privilegiadas, Diana Luisa cayó rendida y ebria. Marijó aprovechó para retirar su iPhone y con la huella digital desactivarlo. Corrió al baño y se puso a revisar todo. Cuando me dijo que todo, sé que se refería a to-do.

Entonces, palabras más, palabras menos, descubrió que, desde hacía año y medio, se andaba hablando con Johan Raúl. Se mandaban *nudes* en una carpeta seriamente archivada en una app falsa. Se mandaban besitos, y hasta le deseaba un buen viaje durante esa despedida de soltera.

Marijó no lo podía, creer se sintió traicionada. Sus hombros calientes, su rostro ardiendo y un dolor en su pecho.

Me pidió otro cigarro. Yo la miraba con atención y el mismo dolor que la aquejaba me dolía a mí por pensar en Montse, quien me eliminó al día siguiente de que se fue, pero nunca pudo bloquear a su ex, Enrique.

Marijó soltó un breve suspiro.

—Cancelé todo. I mean, todo. Dianalú lo aceptó, Johan lo negó. Y mi familia me dio la espalda. Mi ma, mi propia mamá, me dijo que lo perdonara. Que podría manejarlo en pareja, que las cosas no tendrían por qué seguir así. Pero, sabes, Charly, yo no quería, ya no quería. Me sentía traicionada.

Encendí un cigarro y miré al cielo regiomontano.

—Habíamos planeado un viaje entero, para toda la familia, al Caribe. Las damas de honor y su familia estaban incluidas. Lo cancelé, cancelé todo. ¿Y sabes? me lo reprocharon, me encararon los compromisos que ya habían pospuesto para dicho viaje. Y para ambas familias, Charly, yo quedé como la mala.

Empezó a acongojarse, quiso llorar. Le dio un fuerte trago a su mojito.

—Duré un mes deprimida, y ninguna de mis amigas se acercó a consolarme. Me sentí estúpida y sola, Charly. Entonces, respondiendo a tu pregunta, esta tarde quise salir. Había visto una película estadounidense donde a la protagonista, Melody, le ocurría exactamente lo mismo, y en el metro de Nueva York se encontraba a un completo desconocido que le dijo "Desahóguese, llore conmigo. Yo no la conozco y no la puedo juzgar". Aquel personaje se llamaba Charlie. Era un *good guy*. Yo quería encontrar a mi Charly, así que abrí Tinder. Hay mucho chico guapo, fortachón y en mi cuenta se apilan y apilan los *matches*. Miré tu perfil y me agradaste, me recordaste al mismo Charlie de la película. Al coincidir quise que jugara el destino, y te he traído hasta aquí para eso.

Me quedé conmovido. Y pese a todo, sabía que nadie me creería, porque ya lo repetí mil veces, estas cosas no suceden en la vida real. Tendría que contárselo a algún amigo que escribiera para que hiciera algo más o menos decente con esta historia.

Le dije que era buena, que no merecía al pendejo de Johan.

—Es un pendejo, Marijó. Eres linda, bella, inteligente. Yo que tú me pondría a viajar, para encontrarme, para encontrar mi camino. Peligro y en el inter encuentras a un amor cien veces mejor. En la música solemos decir que uno es el número mínimo de…

—Charly —me interrumpió.

—¿Sí?

—Tengo sueño. Estoy cansada. Puedo decirle a Horacio, mi chofer, que te lleve hasta tu casa.

Pasaban las dos de la mañana. Se veía incómoda.

—Claro —le dije. Me tomé de un trago el resto del mojito y apagué mi cigarro en el cenicero.

Nos abrazamos secamente, le dije que le echara ganas, que la vida sigue y que le agradecía esa noche fabulosa, mis palabras sonaron tan vacías como yo mismo. Ella fue condescendiente. Asintió y ya no me dirigió la mirada.

Subí al auto, al salir observé la ciudad emanando sus vapores en fa sostenido. Pensé en Montse mientras recorría la solitaria carretera del sur. El conductor se limitó a decirme "buenas noches" y el resto del camino se mantuvo callado. Aproximándonos al centro de la ciudad, le pedí que me dejara junto a la escalera del puente del Papa. Caminaría al Barrio Antiguo y seguiría allí la noche hasta que pasaran los primeros camiones del día. Todavía se escuchaba el ruido de las bocinas, el jolgorio y las norteñas. Ya basta. Esto me ha abierto los ojos. Ya basta de ahogarme en mi miseria, ya basta de pensarme víctima de mis circunstancias…

«Uno es el número mínimo de personas para hacer un dueto», dije en voz baja. Arranqué de mi cuello el collar con clave de sol y lo arrojé hacia el río con la poca fuerza que me quedaba.

ÍNDICE

Funámbulo Ediciones

Colección de poesía

Funámbulo
Evy P. Reiter

Dividir el desierto
Mikhail Carbajal

Un árbol pasa y duele como una estación vacía / Un albero passa e fa male come una stazione vuota
Dina Tunesi

Tristera
Fernando Trejo

La mujer de Vitruvia
Jessica Anaid

Colección de narrativa

Cuentos para noches de insomnio
Jorge López Landó y Mario Alcalá

Chicalotas: Reunión de Narradoras del Noreste
Marionn Zavala

Al final no queda nada
Emmanuel Montes

Uno es el número mínimo de personas para hacer un dueto
Mikhail Carbajal

Colección de ensayo

Dentro del aire de vidrio
Citlaly Aguilar

Uno es el número mínimo de personas para hacer un dueto de Mikhail Carbajal se terminó de editar en enero de 2025. Las tipografías utilizadas fueron Garamond y Times New Roman. El cuidado de la edición estuvo a cargo de Sandra Morin y el autor.

Lee, siente, comparte.

Monterrey, N.L., México.

Made in the USA
Columbia, SC
04 June 2025

58917271R00095